# やってみた
# ゴドー

別役実

論創社

# やってきたゴドー

# 目次

# やってきたゴドー

登場人物

ゴドー
ポゾー
ラッキー
エストラゴン
ウラジーミル

女1
女2
女3
女4
少年

## 《一場》

舞台やや下手に電信柱。やや上手にベンチとバス停の標識。他は何もない。夕暮れ。
下手より女1が、編物などを入れた籠を持って現れ、バス停の標識を見、自分の腕時計を見、そのまま上手に消える。上手よりエストラゴンが、片足にだけ靴をはき、その足でケンケンをしながら、もうひとつの靴を手にぶら下げて現れ、電信柱の下にへたりこむ。手に持った靴をさかさにして、中のゴミを出し、はこうとして……。

**エストラゴン**　じゃないよ。（その靴を置き、はいている方の靴に手をかけ）こっちを脱ぐんだ……。

下手より女2と女3が、事務机の上に椅子とダンボールの箱を載せ、両端をそれぞれに持って現れる。

**女2**　ここ……？

**女3**　かもしれないけど、（エストラゴンを見て）やめましょう、ここは……。

**女2**　そうね……。

女2と女3、机と共に上手へ去る。

**エストラゴン**　（脱ぎあぐんで）どうしようもないな……。じゃなくて……。（もうひとつの靴を手にとり）こっちをはこうとしていたんだ……。

上手よりウラジーミルが、ひしゃげた玩具のラッパを持って現れ、エストラゴンの耳元でプーと吹く。

**エストラゴン**　（ビックリして立上り）よせ、何だ……？

**ウラジーミル**　いや、何でもない。またここに来てたのかって聞いただけさ……。もちろん、やあエストラゴン、て言った後でだけどね。

**エストラゴン**　さっきからだよ。私はさっきからここにいて……。（再び座りこみ、靴にかかる）こいつを……。

**ウラジーミル**　（ラッパを吹く）

**エストラゴン**　（逃げて）よせって言ってるだろう……。

**ウラジーミル**　今のはね、うれしいよって意味なんだ、またお前に会えて……。と言うのはつまり……。（ラッパを吹く）

**エストラゴン**　やめろ、馬鹿……。

**ウラジーミル**　と言うのはつまり、もうどこかへ行っちゃったかと思っていたからね、お前は……。

**エストラゴン**　もっと普通に話せないのか……。

ウラジーミル　わかったよ。それじゃ、これお前に貸してやるから（と、ラッパを差し出し）何か言いたいことがあったら吹け。

エストラゴン　吹く……？（受取る）

ウラジーミル　そうすりゃわかるよ、私にもお前が何を言ってるのかね……。

エストラゴン　（ラッパを吹く）

ウラジーミル　わかった……再会を祝してここで抱きあおうって言うんだな……？

エストラゴン　馬鹿なこと言うな、誰がお前なんかと会ってうれしい……。（ラッパを放り投げる）

ウラジーミル　じゃ、あれだ……。ゆうべそのあたりに寝ていたら、誰かに蹴られて痛いと……。

（ラッパを拾う）

エストラゴン　（自分の靴にもどって）痛かったさ、確かにね……。そいつは私のここんところ（脇腹）を、靴の先で……。じゃない……。（と再びしゃがみこんで）こいつをね、脱ごうとしていたのか、それとも、こっちをはこうとしていたのかってことなんだ、私が今、言おうとしてたのは……。

ウラジーミル　これをはこうとしていたか、これを脱ごうとしていたか……？

エストラゴン　そうだよ。お前もやってみるとよくわかるけどね、こっちをはこうとすると、いや、こっちを脱ごうとしてたんじゃないかなって思えてくる。で、こっちを脱ごうとすると、いや、こっちをはこうとしてたんじゃないかなって思えてくる……。

ウラジーミル　お前がだろ……？

エストラゴン　何だい……？

**ウラジーミル**　だから、お前がそう思うんだろ？　こっちをはこうとすれば、こっちを脱ごうとしてたんじゃないかとか、こっちを脱ごうとすればこっちをはこうとしてたんじゃないかなとか……？

**エストラゴン**　そうだよ……。

**ウラジーミル**　じゃ、お前が思え……。

**エストラゴン**　どういうことだ……？

**ウラジーミル**　そういうことは、お前ひとりで思ってくれって言ってるんだ……。それは、お前の問題だよ……。私には私で……（帽子を脱いで、ポケットから出したクシでひとなでして帽子をかぶり）考えなければならないことがいっぱいあるんだ……。

**エストラゴン**　言えって言うから言ったんじゃないか……。いいよ。お前に考えてもらおうなんて思わない……。

**ウラジーミル**　（電信柱に寄りかかって、ラッパを吹く）

**エストラゴン**　何だ……？

**ウラジーミル**　何だよ？

**エストラゴン**　今、何て言ったんだ……？

**ウラジーミル**　何も言わないよ……。

**エストラゴン**　でも、吹いたじゃないか……。

**ウラジーミル**　吹いたさ……。私はね、何も言いたくない時も吹くんだ……。

**エストラゴン**　そうじゃないよ。お前は今、何か言ったんだ、私に……。

ウラジーミル　どんなことを……？

エストラゴン　どんなことって、お前が言ったんだぞ、お前のそれで……。

ウラジーミル　（角度を変えて、もう一度ラッパを吹く）はあ……。

エストラゴン　お前、吹いてみないとわかんないのか、自分で何を言ったか……？

ウラジーミル　つまりね、お前が私に、お前なんかどっかへ行っちゃえって言ったんで、私がそうかって……。

エストラゴン　言ってないよ、そんなこと……。

ウラジーミル　じゃ、な……。（下手へ）

エストラゴン　ちょっと、待て。言ってないって言ってるだろう……。

ウラジーミル　（ラッパを吹く）

エストラゴン　おい、お前……。ウラジーミル……。

　ウラジーミル、下手に消える。そして、ラッパの音……。

エストラゴン　ションベン……？　ああ、ションベンか……。それならそうと言えよ…。ちょっとたれてくるよって言ってくれれば……（と、しゃがもうとして気付き）え……？　違うのか……？　おい、お前……。（と下手に行きかけ、引返してきて靴を持ち）よせよ、お前、そういうことは……。（下手に去る）大人気ないぞ……。

ほとんど同時に、女1上手より現れ、バスの標識を見、自分の腕時計を見、ベンチに座り、籠から編物を出して編みはじめる。

下手より、首をロープにつながれたラッキーが、トランクとバスケットと椅子を持って現れる。ロープは下手につながり、ポゾーが持っているのだが、今は見えない。

ラッキーの登場に女1やや驚き、逃げようとするがロープに気付き、立止る。

**女1**　誰、あんた……？

ポゾー、くさりの末端を持って現れる。

**ポゾー**　急げ……。

ラッキー、上手に消える。

**女1**　バスでしたら、ここですよ……。

**ポゾー**　止れ……。（くさりを引く）

上手奥で、ラッキーが転んだ音。大音響。

女　―　あら……。（上手へ行こうと）

ポゾー　―　放っといて下さい。ひとりで起きあがれますから……。

女　―　でも、倒れたままですよ……。

ポゾー　―　（くさりを引いて）起きろ……。眠ってたんです。倒れる度に眠るんですよ、あいつは……。後退……。（くさりを引く）

ラッキー、荷物を持って、後向きに上手より現れる。

ポゾー　―　止れ。こんなもんでいいですか……？

女　―　何がです……？

ポゾー　―　だって、あなたですよ、ここだって言ったのは……。

女　―　バスに乗るならです。バスに乗るんですか……？

ポゾー　―　乗りません……。

女　―　じゃ、違いますね……。（座る）私はバスに乗るのかと思って言ったんですから。（編物をはじめる）

ポゾー　―　違う……？　冗談じゃないですよ、あなた。私はあなたがここだって言うから止ったんです。あなたは、こいつを止らすことがどれほどのことかわかっているんですか……？

女　―　ただ歩いているのをやめるだけのことじゃありませんか……。

ポゾー　―　進め……。

ラッキー、歩いて上手に消える。

ポゾー　止れ……。

ラッキーの転ぶ音。大音響。

女1　（びっくりして立上り）何なんです、あれは……？

ポゾー　だから、止ったんじゃありませんか……。起きろ……。後退……。

ラッキー、後向きに上手より現れる。

ポゾー　止れ……。

女1　少し、誇張してるんじゃありませんか……？（座る）

ポゾー　じゃ、もう一度やってみましょう……。

女1　いいです……。（立上って）私、次のバスにします……。（荷物をまとめて）

女1、下手に去る。

ポゾー　待って下さい。それじゃ私はどうすればいいんです……？（ラッキーに）おい、お前……。

ラッキー　何ですか……？

ポゾー　何ですかじゃないよ。お前は何も言わなくていい。私は何か言ってもらおうとして言ってるんじゃないんだからな……。ただ、何も言わないでいることが出来ないってだけのことなんだから……。

ラッキー　どうして何も言わないでいることが出来ないんですか……？

ポゾー　口をきくなって言ってるだろう。どんなささいなことであれ、お前と話が通じ合ってるって考えるだけで、私は苛々するんだ……。

上手より、女2と女3が荷物を持って現れる。

女3　そこよ……。

女2　でも、ここはさっき来たところじゃない……？

女3　そうかもしれないけど……（ラッキーに）かまいません……？

ラッキー　どうぞ……。

ポゾー　こいつに聞いたんですか。それとも私に……？

女3　いえ……。（女2を見る）

女2　（ポゾーに）あなたに……。

ポゾー　かまいません、私はね……。こいつに何か聞いちゃいけませんよ。こいつも、返事はしますが自分で何を言っているかわからないんです……。

女２　（女3に）いいのよ、ここで……。

ポゾー　でも、何をするんです……？

女３　受付けです。このあたりで受付けをするようにって、言われてきているんですよ、私たち……。

ラッキー　（ポゾーに）受付けです……。

ポゾー　うるさいって言ってるだろう。いちいちお前に言われなくても、今、受付けですって言われて、ああ受付けなんだなってわかったんだから……。

女２　（机の上を整えながら）早速ですが、やってみます……？

ポゾー　何をです……？

ラッキー　受付けです……。

ポゾー　殺すぞ、この野郎……。（女2と女3に）失礼……。わかっていただけると思いますが、私が今何をですって言ったのは、それが受付けだということを知らなかったわけじゃないんです……。ただ、何をです、受付けです、ああ受付けねって言う……。

女３　わかります。会話を楽しみたかったんですね、私たちとの……？

ポゾー　そうです……。

ラッキー　でも、ただ受付けをするだけのことですから……。

ポゾー　殺してもいいですか……？

**女2**　いえ……。

**ポゾー**　殺します……。

**ラッキー**　よして下さい。

ラッキー、上手に逃げる。ポゾー、それを追って、上手に消える。《待て……》と、声……。

**女2**　何……？

**女3**　何が……？

**女2**　どうして殺すの……？

**女3**　つまりね、あなた、今、受付けしますかって聞いたでしょう……？

**女2**　だって、私たち受付けなのよ……。

**女3**　だからそれはいいんだけど、それに対してこっちの人が何ですかって聞いて、こっちの人が受付けですって言ったでしょう……？　それ……。

**女2**　それが何……？

**女3**　それで殺すの……。こっちの人がこっちの人を……。

上手よりゴドーが、トランクとコーモリ傘を持って登場……。

**ゴドー**　（受付の前に立って）ゴドーです……。

女3　（女2に）あなた……（と、受付名簿を示し、ゴドーに）ゴローさん……？

ゴドー　いいえ、ゴドー……。

女3　（女2に）ゴトーさん……。

ゴドー　違います、ゴロー……。

女3　ゴボー……？

ゴドー　じゃなくて、ゴトー……。じゃなくて、ゴボー……？

女3　ゴゾーじゃありません……？

ゴドー　じゃないと思いますがね、私、一番最初に何て言いました……？

女3　（女2に）何て言った……？

女2　ゴドーじゃありません……？

ゴドー　ゴドー……？　何かそうでないみたいな気がしますけど……。そこに書くんですか……。

女2　そうです。これが受付名簿ですから……。

ゴドー　それじゃそこにゴローと書いて、クエスチョンマークをつけておいて下さいますか……？
万が一ということがありますから……。

女2　ゴローと書いてクエスチョンマークをつけておくんですか……？

ゴドー　じゃなくて……（女3に）ゴゾーでしたっけ……？

女3　ゴトーでしたかしら……。でも、クエスチョンマークをつけておくんでしたら、何でもいいんじゃありません……？

ゴドー　そうですね。何か書いてクエスチョンマークをつけておいて下さい。そうすると私は受付けられたってことになるんですね……？

**女2**　そうですけど、クエスチョンマークつきですからね、正しくは受付けたんじゃなくて、受付けたかなっていう……。

**女3**　じゃないでしょう、クエスチョンマークは名前についてるんですから、受付けることは確かに受付けましたけど、ゴゴー……？　あなたゴゴーにしたの……？

**女2**　だって、何でもいいって言ったんですからこの人……。

**女3**　（ゴドーに）いいんですか……？

**ゴドー**　ええ、クエスチョンマークをつけて下さるんでしたら……。

**女3**　（女2に）ね、だから、ゴゴーさんかしらって方を、受付けることは確かに受付けましたって……。

**女2**　でも、ゴゴーさんかしらって書くと、受付けたのかしらって……。

下手より、乳母車を押した女4が子守歌を歌いながら現れる。

**女4**　受付けですか……？

**ゴドー**　そうですが、私が今やっておりますのでね、その次ですよ……。

**女4**　早いもの順なんですか……？

**女3**　そうじゃありませんけど、この人が先にいらしたんですから……。

**女2**　だから、早いもの順じゃないの……。

女3　でも早い方がいいかって言うと、そんなことはないんです……。
ゴドー　いいです、私、ほかを当ってみますから……。（下手へ）
女3　ちょっと待って下さい、ほかって何です……？
ゴドー　ほかの、こういう……。
女2　ありませんよ。このあたりで受付けここだけなんです……。
ゴドー　でも、人を待たしてあるもんですからね……。ひとまずそいつに会ってから……。その人なら知ってると思うんです、私が誰か……。

ゴドー、下手へ……。

女3　（女2に）追いかける……？
女2　いいわよ……。（女4に）あなた……。
女4　はい……。
女2　どうぞ……。
女4　どうぞって……？
女3　何言ってるんです……？　あなた、受付けに来たんじゃないんですか……？
女4　違います。（乳母車を示して）この子の父親を探しに来たんです……。
女2　でも、あなた今、受付けですかって言ったじゃありませんか……。
女4　受付けって書いてありましたからね……。

女3　しかも、早いもの順ですかって言ったんですよ……。

女4　あの人が、次ですって言ったからです……。

女2　いいですけど、受付けしません……？

女4　したら、この子の父親探してもらえます……？

女3　ここは受付けですよ。名前をうかがって、ここに書いて、その通りここで受付けましたって……。

女4　この子の名前ですか……？

女2　そうじゃなくて……。

女4　この子の父親の名前ですね……？

女2　あなたの名前です……。

女4　私は関係ありません……。

女3　関係ない……？　あなた、この子のお母さんじゃないんですか……？

女4　違います……。私はこの子の父親の姉です……。もちろん年は下なんですけどね、この子の父親のつれあいが私の妹だからですよ……。それというのも……。

女2　ちょっと待って下さい。それじゃ、あなた、この子の父親が誰か、知ってるんじゃありません……？

女4　知ってますよ。

女2　どうして探すんですか……？

女4　いないからです……。

女3　ああ、いないんですね……。（女2に）そういうことよ。この人はこの子のお父さんが誰かわからないから探してくれって言ってるんじゃなくて、誰かということはわかっているけど、いないから探してくれって……（女4に）でしょう……？

女4　そうです……。

女2　いつからです……？

女4　何が……？

女2　いなくなったのは……？

女4　ずい分前ですよ、この子が生れる前からですから……。

女2　生れる前から……？

女4　ええ……。

女2　じゃ、どうやって生れたんです……？

女3　馬鹿ね、あなた、そういうことだってあるじゃないの……。会って、愛し合って、いなくなって、でも、生れたのよ……。でしょう……？

女4　だと思います……。

女2　お父さんの名前は……？

女4　ウラジーミル……。

女3　あなた探してあげるの……？

女2　そうじゃないけど、一応聞いておこうかと思って……。その子の名前は……？

女4　ないんです……。

女3　ない……？

女4　ええ、ですからどういう名前にしたらいいかって、妹が……、ですからそのウラジーミルのつれあいが言うもんで、探してるんです、ウラジーミルを……。

下手より、女1、現れる。

女1　ここに、変な二人連れの男、いませんでした……？

女3　一人じゃなく……？

女2　その前よ。いたじゃない、変な二人連れ……。

女4　それです。いつも二人連れで歩いてるって言ってました……。私の……、ウラジーミルのことですけど……。

女1　知ってる人……？

女4　この子の父親です。どっちへ行きました……？

女3　（上手を指して）あっちよ……。

女4　（女1に）この子に名前をつけてもらわなくちゃいけないんです。だって、名前がないと、何て呼んでいいかわかりませんからね……。ですから私たち、いつも……。

女2　早く行ったらどうです。だいぶ前ですよ、あっちへ行ったのは……。

女4　失礼します。

女4、上手へ消える。

女1　大丈夫かしら……？

女3　何がです……？

女1　何となく危なそうな人でしたから……。ここで、バス、待たせてもらってかまいません……？（ベンチへ）

女3　どうぞ……。でも、その前に受付け、なさいません……？

女1　受付けって何です……？

女2　何でもありませんよ、ここに名前を書いてもらうだけなんです……。

女1　私、バスに乗るんですけど……。（と言いながら名簿に近づく）

女3　その前に受付けをしておけば、その前に受付けをしたってことがわかります……。

女1　誰に……？

女3　誰にって……。（女2に）誰……？

女2　私たちにここで受付けをしろって言った人ですよ……。

女1　だからその人は誰……？

女2　わかりません。私たち人材派遣会社から来たんで、その係の人に言われたんですけど、その人もその上の人に言われたんでしょうから……。

女1　おいくら……？

女3　ただです……。

女1　やめとくわ……。（引返す）

女3　何故です。ただなんですよ……。

女1　ただのものには気をつけるように言われてるんですよ、私は、私の母にね……。もう亡くなりましたけど、一生用心深く生きて、生涯誰にもだまされずに人生を完うしました……。

（編物をはじめる）

女2　でも、名前を書くだけなんです……。

女3　（女2に）あなた、ここ、違うんじゃない……？

女2　何が……？

女3　だって、バス停があるって聞いてた……？

女2　でも、電信柱があるじゃない……。

女3　電信柱は、（下手を指し）あっちにもあったわよ……。

女2　そうだけど……。

下手より、エストラゴン、やはり靴を一足ぶら下げて、現れる。

女3　行きましょう……。

女2　そうね……。

女2と女3、机を持って下手へ。

エストラゴン　（見送って）ここ、いいですか……？

女１　何です……？

エストラゴン　（電信柱を指して）ここに座っても……？

女１　どうぞ……。私はここにいますし、バスが来たら乗りますから……。

エストラゴン　（電信柱のもとに座り）人を待ってるんです。

女１　バスで来るんですか、その人……？

エストラゴン　か、どうかわかりません。バスで来るんだってことがわかっていれば、（ベンチを指して）そこに座りますよ。それはそのためのものでしょうから……。

女１　でもこれは、バスに乗る人がバスを待つためのものじゃありません……？

エストラゴン　バスで来る人を待つものが、バスを待つために座ってもいいんじゃないかと思いますが……。

女１　ということはつまり、あなた、ここに座りたいって言ってるんですか……？

エストラゴン　そうじゃありません。今も言いましたように、私が待っている人はバスで来るかどうかわかりませんし、現に私は今、ここに座ってるじゃありませんか……。

女１　なら、いいんですけど……。

下手よりウラジーミル現れ、ラッパをプーと吹く。女1、びっくりして立上る。

**エストラゴン**　気にしないで下さい。こいつはね、何か言いたい時にあれを吹くんです……。

**女１**　何て言ったんです……？

**エストラゴン**　ですからね、人を待ってるんで、ここに座らせていただいてもいいですかって……。（ウラジーミルに）そうだろ……？

ウラジーミル、ラッパを吹く。

**女１**　どうぞ……。（座る）でも、本当はその人もここに座りたいんじゃありません？

ウラジーミル、ラッパを吹く。

**女１**　だって、その人はその人の待ってる人もバスで来ると思ってるかもしれないんですから……。

ウラジーミル、女１に近づいてラッパを吹く。

**女１**　（逃げて）何なんです、これは……？

**エストラゴン**　そうじゃないって言ってるんですよ。というのも、こいつが待っている奴と私の待ってる奴は同じ人間だからです。わかりますでしょう……？（立上ってウラジーミルに近づき）おい、こっちへ来い……。（女1に）私がそいつのことを、バスでは来ないと思ってるように、こいつもそいつのことを、バスでは来ないと思ってるんです……。（ウラジーミルに電信柱の下を示して）ここだよ、ウラジーミル、私とお前の座る場所は……。

**女　１**　今、何て言いました……？

　　ウラジーミル、ラッパを吹く。

**エストラゴン**　（ウラジーミルに）よせ。（女1に）だから、ここだって言ったんです、私たちの座る場所は……。

**女　１**　そうじゃなくて、その人、ウラジーミルっていうんですか……？

**ウラジーミル**　（ラッパを吹こうとして、やめ）そうですが……。

**女　１**　この人、口きけるんですか……？

**エストラゴン**　時々ね……。たいていは、こいつを吹いて、何で吹いたかわからない時に聞くと、説明するために口きくんですが……。

**女　１**　探してる人がいましたよ、あなたを……。

**エストラゴン**　ゴドーだ……。

**ウラジーミル**　どこに……？

**女　１**　今ここにいたんですけどね、その前に変な二人連れの人たちがいまして、その人たちが向うへ行ったたって言いましたら、追いかけて行きました……。

**ウラジーミル**　二人連れを探していたんですね……？

**女１**　そのようでした……。

**エストラゴン**　ゴドーだ……。

**女１**　今行ったばかりですから、追いかければ追いつけますよ……。

**ウラジーミル**　（エストラゴンに）どうする……？

**エストラゴン**　どうするって。とうとうやってきたんだよ、私たちのゴドーが……。

**ウラジーミル**　でも、行ってしまったんだぜ、また……。

**女１**　追いかければ追いつくって言ってるじゃありませんか……。

　　ウラジーミル、ラッパを吹く。

**女１**　何なんです……？

**エストラゴン**　追いかけるのはまずいって言ったんです……。だって私たちは、待っているって言ったんですからね。追いかけたらゴドーはきっと、待っていることが出来なかったんだなと思って、がっかりする……。

**女１**　いいですよ、私が会いたいわけじゃありませんからね……。（編物をはじめる）

　　ウラジーミル、ラッパを吹く。

**エストラゴン**　今、何て言ったかわかりますか……？

**女　１**　わかりません。私は音楽家じゃないんですから……。

**エストラゴン**　あなたが代りに追いかけて、その人に、私たちがここにいるってことを伝えてもらいたいって言ったんです……。

**女　１**　馬鹿なことを言わないで下さい……。

**エストラゴン**　そうすれば、私たちはここで待っていることが出来るんです……。

**女　１**　何故私がそんなことをしなくちゃいけないんです。私はバスに乗るんですよ。息子に会いに行かなくちゃいけないんですから、それも三十年ぶりに……。何故今になってこんなことになったのかわかりませんけどね……（手紙を出し）手紙が来たんです、会いたいって書いてあるんですよ。それだったらうちへ来ればいいじゃありませんか。私はこの三十年、片時もうちを離れることなく待っていて……。

ウラジーミル、ラッパを吹く。

**女　１**　（突然立上って）バスが来たら待たせておいてくれますか……？

**ウラジーミル**　いいですよ……。

**女　１**　そこまでですからね。そこまで行っていなかったら帰ってきます……。

女1、上手へ走り去る。

**エストラゴン**　何て言ったんだ……？

**ウラジーミル**　何も言わなかったよ……。

**エストラゴン**　待ってちゃいけないって聞こえたのかもしれないな、あの人には……。いや、お前がそう言ったんじゃないとしてもだよ。だって、三十年は長い……。

**ウラジーミル**　私たちはもっと長い……。（女1の残していった手紙の裏を返してみて）エストラゴン……。

**エストラゴン**　何だい……？

**ウラジーミル**　お前が出した手紙だよ、これは……。

**エストラゴン**　まさか……。

**ウラジーミル**　見てみろ……。

**エストラゴン**　（見て）でも、私はこんなもの書いた覚えはない……。（手から落す）

**ウラジーミル**　（拾って元にもどし）お前のおふくろか、あれは……？

**エストラゴン**　じゃないと思うけどな、だって、もしそうなら、どっちかが気付くはずだよ、おやおふくろだとか、おや息子だとか……。

**ウラジーミル**　でも、三十年だからな。三十年会ってなかったんだぜ……。

下手より、ゴドー現れる

**ゴドー**　ゴドーです……。

**ウラジーミル**　はい……？

**ゴドー**　ゴドーです……。

**ウラジーミル**　（エストラゴンに）おい……。

**エストラゴン**　何だい……？

**ウラジーミル**　何だいじゃないよ、もうそのことは忘れろ。帰ってきたら聞いてみりゃあいいじゃないか、おふくろさんですかって……。

**エストラゴン**　そうだけどね、聞いてみて違うって言われればいいけど、そうだって言われたらどうしようかと思って……。

**ウラジーミル**　そうだって言われたら、そうなんだから、そうですかって……。

**ゴドー**　座らせていただいて、いいですか……？（と、電信柱の下を示す）

**ウラジーミル**　どうぞ……。（エストラゴンに）おい、構わないだろ、この人がここに座りたいって言うんだ……。（ゴドーに）と言いますのはね、その前に私たち、ここに座ろうって話していたんです。でも、あなたがここに座って、私たちがここに座ればいいですから……。

**ゴドー**　（座りながら）待っている人がいるんです……。

**ウラジーミル**　私たちもね、人を待ってるんですよ……。つまり、こいつのおふくろさん……かどうかわからないんですが、来ることになっておりまして……。（エストラゴンに）おい、お前もそんなところにウロウロしてないで、ここに座ったらどうだ。おふくろさん……、かどうかわからないけど……。来たら私が聞いてやるから……。

**エストラゴン**　（ゴドーのかたわらに座りながら）何て聞くんだ……。（ゴドーに）どうも……。

**ゴドー**　ゴドーです……。

**エストラゴン**　エストラゴンです……。

**ウラジーミル**　だから、こいつがあなたの息子さんじゃありませんかって……。

**エストラゴン**　駄目だよ……。

**ウラジーミル**　何が……？

**エストラゴン**　いきなりすぎる。だって三十年、いなかったんだぜ、その人の息子は……。

**ゴドー**　どの人の息子です……？

**ウラジーミル**　いやいや、まだよくわからないんです、その人の息子かどうかってことはね……。（エストラゴンに）三十年だとしても、手紙が来てるんだから、手紙が……。

**ゴドー**　その息子さんにですか……？

**ウラジーミル**　いや、そうじゃなく……。ちょっと待って下さい、今こいつと話しているんですから……。失礼、終ったら説明しますよ……。（エストラゴンに）だからね……。

下手より、少年、現れる。

**少　年**　（ゴドーに）あなたですか……？

**ゴドー**　何が……。

**少　年**　僕に伝言を頼むと言ったのは……。

**ゴドー**　ああ、君か……。それじゃ、こう言っといてくれ。もうちょっと待つようにって……。

**少　年**　わかりました、もうちょっとですね……。

**ゴドー**　すぐに行くからって……。

少年、下手に引返す。

**エストラゴン**　（ゴドーに）誰かを待たせてるんですか……？

**ゴドー**　ええ、ですからね、私もあんまりゆっくりもしてられないんです……。

**エストラゴン**　（ウラジーミルに）おい……。

**ウラジーミル**　何だい……？

**エストラゴン**　何だいじゃないよ。聞いたろう、この人はあんまりゆっくりしてられないんだ。言いたいことがあるなら、早く言っちゃえ……。

ウラジーミル、ラッパを吹く。

**ゴドー**　何て言ったんです……？

**エストラゴン**　わかりません。こいつはね、何か言いたい時も吹くんですが、何も言いたくない時も吹くんですよ……。

上手よりラッキーが現れ、首につないだくさりを引いて下手に消えると、そのくさりを持ったポゾーが現れる。

**ポゾー**　（止って）止れ……。

下手奥でラッキーが転んだ音。大音響。

**ウラジーミル**　おい、おい……。

**ポゾー**　放っといて下さい。起きろ……。後退……。自分でやれるんです……。そうしつけてあるんですよ……。

ラッキー、後ずさりで現れる。

**ポゾー**　止れ……。椅子……。（と言ってラッキーに用意させて座り）よーし、ウラジーミル、もしお前がウラジーミルでないなら、こいつらの前でこいつらが納得するように説明してみろ……。

**ラッキー**　いいですよ……。

**ポゾー**　（三人に）でもその前に、お前さんがたにひとこと言っておきますが、こいつの言うことを信用しちゃいけません。本当のことを言わないんです。つまり、こいつが自分はウラジーミルじゃないと言ったら、こいつはウラジーミルなんですからね……。（ラッキーに）どうなんだい、お前はウラジーミルじゃないのかい……？

**ラッキー**　言わせてもらいますが……。

**ポゾー**　（二人に）その前にもうひとこと。今そこで私たちは、乳母車に赤ん坊を乗せた御婦人にお会いしました。そしてその人がこいつを見て……。

**ラッキー**　あなたです……。

**ポゾー**　こいつです。こいつを見て、ウラジーミルさんですかと呼びかけ、乳母車の中の赤ん坊を示して、これがあなたの子供です、と言いました……。

**ラッキー**　そうしたらこの人が逃げろと言ったんで逃げてきたんですが、どうしてその時この人が逃げろって言ったかを考えれば、ウラジーミルは私ではなく、この……。

**エストラゴン**　（ウラジーミルに）逃げろ……。

**ウラジーミル**　何故……？

**エストラゴン**　だって、聞いたろう、お前だよ、逃げなくちゃいけないのは……？

**ウラジーミル**　だけど、いいかい……。

**エストラゴン**　（ポゾーに）来るんですね、その……、乳母車に赤ん坊を乗せた女の人が……？

**ラッキー**　来るんです……。

**ポゾー**　お前は黙ってろ。この人は私に聞いたんだから……。来るんです……。

**ラッキー**　私たちを追いかけようとして乳母車をひっくり返しましてね、赤ん坊が怪我をしたみたいですが、その手当がすんだら……。すぐ……。

**ポゾー**　黙ってろって言ってるだろう……。その手当がすんだら来ます……。すぐ……。

**ラッキー**　確かここでバスを待ってた女の人が近くにいまして、手伝っていましたが……。

**エストラゴン**　その人も来るんですか、ですからここでバスを待っていた……？

**ポゾー**　来ますよ。じゃない、この来ますよって言うのは、乳母車の女の人の方のことかな……？

**ラッキー**　そうです……。

**ウラジーミル**　来るに決まってるじゃないか、いや、そのバスを待っている女の人の方ですよ。だってその人は、そこに荷物を置いたまま……（エストラゴンに）ゴドーを追いかけていったんだっけ……？

**ゴドー**　私がゴドーです……。

**エストラゴン**　でしょう。ですからね、間違った人を追いかけていったんですが……。

**ウラジーミル**　だから、間違いだとわかったら、引返してくるよ……。

**ポゾー**　間違いというのは、私たちのことですね……？　つまりそのバスを待っていた女の人は、私たちのことをゴドーだと思って……。

**ラッキー**　そうじゃありませんよ。

**ポゾー**　うるさい。お前に聞いてるんじゃない……。

**ウラジーミル**　そうじゃありません、あなたがたのことを私たちだと思って……。

**ポゾー**　何だって……？

**ラッキー**　ですからね、私たちのことをこの人たちだと思ったんです……。

**ポゾー**　誰が……？

**ラッキー**　ゴドーという人がですよ……。

**ゴドー**　私がゴドーです……。

**エストラゴン**　わかってるって言ってるじゃありませんか。でも、その時私たちは、乳母車の女の人のことをゴドーだと思っていたんです……。

**ゴドー**　私が……。（ゴドーですと言うつもり）

**ウラジーミル**　黙ってて下さい。今、こっちの話をしてるんですから……。その女の人が……、乳母車の女の人ですよ、あなた方のことを私たちだと思って、追いかけていったみたいなんで、私たちはてっきりゴドーだなと思って女の人に、これはバスを待ってた女の人ですよ、追いかけてくれますかって……。

**エストラゴン**　私たちはここで待ってますからって……。だって、私たちが追いかけるわけにはいきませんよ。私たちは待ってますって言ったんですからね。それなのに追いかけたら、待ってられなかったってことになる……。

**ラッキー**　それで……？

**ポゾー**　うるさいよ、お前……。それで、とは何だ……。もちろん、私もそう思ったんだけどね、それでって……。

**ゴドー**　どうでしょう、ここで問題点を整理してみたらどうでしょう、思わぬ発見がないとも限りませんし……。いいですか……。

**ウラジーミル**　でもね、来るんだよ、その女の人が……。この女の人っていうのは、バスを待ってる方の人ですが……。その何が問題かと言いますと、その人はこいつのおふくろだと思ってるんです……。

エストラゴン　思ってやしないよ。思うかもしれないってだけじゃないか。それよりも私は、乳母車の女の人が来てね、お前にこの赤ん坊のおとうさんですって言われることの方が問題だと思うけどな……。

ゴドー　わかりました。でも……、（ラッキーに）あなた、あなたのところにどこかから女の人が来て、あなたのお母さんですって言われたら、困りますか……？

ラッキー　私のところに……？

ポゾー　どうして私に聞かないんです……。こいつはこいつのことなんて、何んにもわかっちゃいないんですよ……。

ラッキー　（そのあたりをウロウロと歩きまわり、頭を叩き、首を振りながら）私のところに、女の人が来て、私のお母さんだって言うんですか……？　私のところに、女の人が来て……。

ポゾー　やめろ、馬鹿……。

エストラゴン　そうじゃなくて、お前さんとこに、どこかの女の人が赤ん坊を連れてきて、これがあなたの子供ですって言ったら……？　どうだい……？

ラッキー　（更に激しくもだえて）誰かが私のところに、赤ん坊を連れてきて、これがお前の子供だって、言ったら……。誰かが、私のところに……。

ポゾー　やめさせろ。どうしたんだ、これは……？

ゴドー　でも、私は聞いてみただけなんですよ……。

ポゾー　聞いちゃいけないことを聞いたんだ、お前さんは……。

ウラジーミル　いいです。やめましょう。あなたのところには、誰も来ません……。ですから、お母さんですとも言いませんし、子供ですとも言わなかったんです……。

ラッキー　（ウラジーミルにつかみかかって）でも、その人は言ったんですよ、私はあなたのお母さんですって……。この子、あなたの子供ですって……。

ウラジーミル　（組み伏せられて）やめろ……。

エストラゴン　（ポゾーに）やめさせなさい。何なんです、これは……？

ポゾー　お前さんたちだよ、こいつをこんな風にしたのは……。水……。水はないか……。

ゴドー　水をどうするんです……？

ポゾー　かけるんだよ、こいつに……。

ゴドー　（エストラゴンに）水です……。

エストラゴン　ありませんよ、そんなもの……。

下手より、女2と女3が、いつの間にか看護婦の姿になって、机と椅子を持って走りこんでくる。

女　2　どうしたんです……？

ゴドー　突然、あばれだしたんですよ……。

ポゾー　水だよ。水はないのか……。

女　3　（女2に）注射よ、鎮静剤……。

女　2　（探して）あったかしら……。

ウラジーミル　助けて……。首をしめるんだ、こいつ……。

女3　（エストラゴンに）手を押えて……。

女2、ラッキーに注射をする。ラッキー、ぐったりとする。

ゴドー　やれやれ……。

ポゾー　何の注射だい……？

女2　何かしら……？

ポゾー　私にもしてくれないかな、こいつを見てたら、私もあぶなくなってきた……。

女3　駄目ですよ。緊急の場合はしょうがありませんが、そうでない時は、ちゃんと受付けをしてからでないと……。

ウラジーミル　（起上って）ここんところが……（と首を示し）ひりひりするんですけどね、こいつにしめられて……。

女2　ツバつけとけばいいんですよ、ツバには殺菌作用がありますから……。

二人、受付けのセッティング……。

女3　誰か、子供が怪我をしたって通報があったんですが……。

ポゾー　（上手を示し）あっちです。もうそろそろ来ると思いますが……。

**エストラゴン**　（ウラジーミルに）おい……。

**ウラジーミル**　何だい……？

**エストラゴン**　来るんだよ……。

**ウラジーミル**　そうだけどね……。

**エストラゴン**　どうする……？

**ウラジーミル**　どうしようもないじゃないか……。

下手より、少年、現れる。その間、女2と女3、受付けと電信柱との間にしきりを……。

**少　年**　（ウラジーミルに）あなたですか……？

**ウラジーミル**　何が……？

**少　年**　ゴドーさんからの伝言を待ってらしたのは……？

**エストラゴン**　そうだよ……。

**少　年**　もうちょっと待って下さいということでした……。すぐ来ますから……。

**エストラゴン**　わかった。

**少　年**　じゃ……。

少年、去る。ゴドー、立上る。

エストラゴン　（ウラジーミルに）行こう……。

ウラジーミル　どこへ……？

エストラゴン　聞いたろう、暫く来ないんだ。だから、その間ちょっとここをはずして……。

上手より、女1と女4、乳母車を押して走りこんでくる。

女1　（女2と女3に）あなたたちですか、電話を受けたのは……？

女2　そうじゃありませんけど、来るように言われたのは私たちです……。

女4　診て下さい。乳母車がひっくり返って、この子が怪我をしたんです……。

女3　聞いてますよ、おでこをすりむいたってことのようですが……。

女1　とりあえずツバはつけときましたけどね、もちろん私のじゃなく、この人（女4）のですよ。それというのも、この人がこの子のお母さんのお姉さんだからです。こういう場合、つまりツバをつける場合、この子に近い方がいいと思いまして……。（ウラジーミルとエストラゴンが、下手にこっそり消えるのを見て）あれは、誰です……？

女4　近いって言いましてもね、私はこの子の母親の姉ですし、妹とはもう何年も会ってなかったんですよ。仲もそれほど良くはありませんでしたから……、と言うより、いつもケンカばかりしておりましてね……。その上、私、ツバが少ない方でして……。（女1に）ですからね、このことは正直に言った方がいいと思うんですけど……（女3に女1を示して）この方のツバを半分まぜていただいたんです……。

女1　半分じゃないですよ。（女4に）せいぜい三分の一だったじゃない、あなた……。自慢じゃありませんけど、私、ツバの出がいい方でしてね。この方が、ツバが出ないって言うもんですから……。でも、今ここにいた人のことですが……。

この間、女2が乳母車の中の赤ん坊の手当をはじめている。

ポゾー　（まだひっくり返っているラッキーを示し）おい、こいつをどうしてくれるんだ……？

女3　その人がどうしたんです……？

ポゾー　死んじゃったんじゃないのか……？

ゴドー　（近づいてみて）生きてますよ……。眠ってますね……。

ポゾー　おい、起きろ……。

女2　駄目ですよ、鎮静剤が効いてるんですから……。もちろん、あれ、ビタミン剤でしたけど……。

ラッキー、ゆっくり立上る。

女4　ウラジーミル……。

女1　じゃないって言ったじゃないの。あなたの言ってたこの子のお父さんだっていうウラジーミルは……。あれよ、今ここにいて、そっちの方へ行った……。

ゴドー　ウラジーミルです……。

女1　あなたが……？

ゴドー　いえ、今、むこうへ行った……。

女1　（女4に）その人よ。私、そのためにあなたを追いかけたんですから……。もちろん、その人たち……って言うのは、もうひとりいましたからね、ウラジーミルっていう人のほかに……。その……その人たち、あなた（女2）のことをゴドーって人だと思ってたんですけど……。

ゴドー　私がゴドーです……。

女1　そうかもしれませんけど、その時はこの人のことをゴドーって人だと思ってたんですよ……。ですから私に……、私がどうしてそんなことをしなければいけないのかわかりませんけどね、追いかけて、ここで待ってるからって言ってくれって言われたんです……。

ゴドー　じゃ、あの二人ですか、私を待っていたのは……？

女1　と言ってました。少なくともその時その人たちはね……。

ゴドー　でも、私はここにいて、あの二人もここにいたんです……。

女4　じゃ、この人たち（ポゾーとラッキー）は、何なんです……？

女1　何でもありませんよ……。

ポゾー　何を言いやがる……。

女1　ですから、この子のお父さんじゃないってことです……。

ポゾー　（ラッキーのくさりを引っぱって）おい、何とか言ってやれ。私たちは何でもないって言われたんだぞ……。

**ラッキー**　(うめく)

**女4**　大丈夫ですか、この人……？

**ゴドー**　(女1に) いたんですよ、私は、ここに……。そして、あの二人もここに……。

**女3**　ここに入らないで下さい……。

いつの間にか、受付けの下手、電信柱を囲んでしきりが出来ている。

**女3**　受付けをすませた人に、ここで待っていただくことになりますから……。

**ゴドー**　(そこから出て) その上、私は私がゴドーだということを言って……(ふと不安になって女2に) 私、ゴドーでしたっけ……？

**女2**　何ですか……？

**ゴドー**　私、さっきここで受付けていただいたような気がするんですが……？

**女3**　いいわよ、私が見てあげる……。(名簿を開いて) ありますよ、ゴゴーですね、クエスチョンマークつきの……。

**ゴドー**　クエスチョンマークつきのゴゴー……？　(と名簿を見る)

**女1**　すみません、私、こういうことしてられないんですよ……。(ベンチの方へ)

**女4**　行っちゃうんですか……？

**女1**　しょうがありませんよ、そういう約束だったんですから……。(ポゾーに) バス、まだ来てません……？

ポゾー　乗らないんだ、私は、バスになんか……。

女1　うかがいました、そのことは……。（時間表を見て）私が乗るんです……。でもその時は……（と、女1がかたわらにいないのに気付き、誰にともなく）というのは、

ゴドー　私がここに来た時のことですが、私はゴドーだって……、（やむなく女4に）そう言いませんでした……？

女4　私は知りません……。

ゴドー　そう、あなたはいらっしゃいませんでしたけどね……（ラッキーに）そう言いましたでしょう……？

ラッキー　そう言いました……。

ゴドー　（女1に）そう言ったんです……。

ポゾー　駄目だよ、お前さん、こいつに聞いて、こいつが答えたとしても、何の証明にもならない……。（ラッキーに）おい、水……。

ラッキー、バスケットから水筒を出してポゾーに……。

女2　診察が必要な方は受付けをすませて下さい……。

ゴドー　（女1に）それを聞いてるんですよ、ウラジーミルも、エストラゴンも……。

女1　何ですって……？

ゴドー　ですからね、その時私があそこにいて、エストラゴンとウラジーミルがこっち側に座ってて……。
女1　エストラゴン……？
ゴドー　そうです。その人が（近づいて）ここにいて……。
女1　私の息子です……。
ゴドー　誰が……？
女1　エストラゴンです。私に手紙をくれたんです……。（手にして）これですよ、エストラゴンて書いてあります……。もちろん私、私の息子がエストラゴンて呼ばれてるなんて、知りませんでしたけどね……。（封から手紙を出し）でも、書いてあるんですから、あなたの息子のエストラゴンですって……。
ラッキー　（見て）エストラゴン……。
ポゾー　何だって……？
ラッキー　エストラゴンです……。
ゴドー　そう言えばそう言ってましたよ。お母さんだと思ってる人が来るかもしれないって……。（女1に）あなたですか……？
女1　と思いますけど、その人がエストラゴンて人なら……。
女4　ウラジーミルっていう人と、いつも一緒にいるって人ですか……？
女1　そうです。今、二人でそっちへ行った人じゃありませんか……？
ゴドー　ええ、でも、じきもどって来ますよ……。

**女4**　ここにですか……？

**ゴドー**　ここにです。ここで私と会うことになってましてね。本当は会ってたんですよ。現に、ここで……。（としきりの中に入り）

**女3**　入らないで下さい……。

**ゴドー**　失礼……。（と、出て）私、ゴドーと、エストラゴン、ウラジーミルと、並んで座ってたんですが、三人ともそれに気付きませんでしたからね。会ってないと思ってたんです……。しかもその間、私の使いのものが来て、いつですかって聞きますから、もうすぐだよって答えて、その使いのものがエストラゴンとウラジーミルのところに来て、もうすぐだそうですって言ってるのを現に聞いていながら、わからなかったんです。何故ですか？　いや、あなたがたに聞いたってしょうがない……。私自身わからないんですから……。

**女2**　鎮静剤、注射しますか……？

**女3**　まだよ。第一、私たちの持ってるの、ビタミン剤じゃないの……。

**女1**　待ちましょう……。（ベンチへ）

**女4**　追いかけないんですか……？

**女1**　来るって言うんですから……。さっきは、待つまいと思って、結局すれ違ってしまいましたし……。

**ラッキー**　（ポゾーに）何か召し上りますか……？

**ポゾー**　そうだな、何があるんだい……？

**ラッキー**　（バスケットの中を探って）鳥です、骨つきの……。

ポゾー　ゆうべも鳥だったじゃないか、骨つきの……。というより、骨だけだったよ、ほとんど……。

ラッキー　みなさんに、見られないように召し上って下さい……。

ポゾー　何故……?

ラッキー　ないんです、これしか……。ですから、みなさんには差しあげられないんですよ……。

(大きな骨である)

ポゾー　大きすぎやしないかい、鳥にしては……?

ラッキー　大きい鳥なんです……。

ポゾー　馬なんじゃないのか……?　しかも、骨だけだよ……。

ラッキー　しゃぶるんです、肉がついてたあたりを……。

ポゾー　(皆に)失礼しますよ……。このあたりかい、肉がついてたってのは……。

女4　(女2に)何か、食べるもの、ありません……?

女2　ありません……。

女4　飲むものでもいいんですよ、この子に……。

女3　ここは診療所ですからね、治療の必要のある方が、治療にいらっしゃるところです……。もちろん、受付けをすませてからですよ……。(ゴドーがしきりに近づくのを見て)あなた……。

ゴドー　何ですか……?

女3　そこへ入っちゃいけませんて言いましたでしょう……。(しきりを直す)

ゴドー　でも、ここで待っていることになってましてね。ですから、私を待っている二人は……。

女2　言いましたでしょう、ここで受付けをすませた人が、そこで待つことが出来るんです、診察するまでの間……。というのは、診察するまで時間がかかるわけですよ……。うちは大きな診療所ですし、患者さんは朝からいっぱい詰めかけますからね……。

女3　誰もいないじゃないかって思うかもしれませんが、それはここが出張受付けだからですよ。このあたりにこうした出張受付けが数十ヶ所ありましてね、その待合所にそれぞれ患者さんが何十人も待ってらっしゃるんです……。

ゴドー　それじゃ、これから来る二人のことですが、受付けさせてもらってもかまいませんか……？

女2　いいですよ、どうぞ……。

ゴドー　エストラゴンとウラジーミル……。

女3　クエスチョンマークつきですか……？

ゴドー　さぁ、どうですか……？

女3　つけといた方がいいわね……。

女2　わかりました……。お悪いのは……？

ゴドー　何ですか……？

女2　どこがお悪いんですかってうかがっているんです……。

ゴドー　悪いって……特に悪いところはないと思いますが……。

女3　それじゃどうして診察なんかするんです……？

ゴドー　ああ、いや、そうですね、悪いところがなくちゃいけないんだ……。

ポゾー　私に聞いてみてくれないか、悪いところなんて、両手の手に余るくらいあるよ。（ラッキーに）こいつにもね、おい、言ってやるんだ、どことどことどこが悪いか……。

ラッキー　（女2に）悪いんです……。

女2　待って下さい。今、この人の話をうかがってるんですから……。

ゴドー　（女1に）あの二人の悪いところなんですけどね……。

女1　（かまわず女3に）悪いところがあったら直してくれるって言うんですか……？

女3　そのための診療所ですから、ここは……。

女1　だったら私にもありますよ、（女2に）書きとって下さいます……？

ポゾー　私の方が先だよ……。おい……。（と、ラッキーに）そこに並んでろ……。

女1　失礼。それじゃ、この人の後ですね……。

女4　私もいいんですか……？

女1　あなたは、だって、もうやってもらったじゃありませんか……。

女4　この子はです……。でも、私はまだですから……。

女2　（ゴドーに）あなた……。

ゴドー　わかってます。ないはずはないんですから、悪いところのひとつやふたつ、あの年まで生きてて……。

女3　次の人が待ってるんですよ……。

ゴドー　いいですか、立上ろうとする時に、何となく腰をかばうような……。

下手より、エストラゴンとウラジーミル、現れる。

**女 2**　聞いてみればいいじゃないですか、本人に……。

**ゴドー**　聞いてみる……？（二人を見て）君だ、どこか悪いところ……。

**エストラゴン**　悪いところ、私のですか……？

**ゴドー**　そうだよ、（ウラジーミルに）君のも……。

**ウラジーミル**　私の悪いところ……？（エストラゴンに）あるかい……？

**エストラゴン**　あるかいって、お前、ないはずがないじゃないか。お前なんか、頭のテッペンから足の先まで悪いとこだらけ……。

**ポゾー**　まずい……（と言って、持っていた骨を投げ捨てる）

**エストラゴン**　（ポゾーに）捨てるんですか……？

**ポゾー**　そうだよ……。

**ウラジーミル**　拾ってもいいんですね……？

**女 4**　私、いただくわ……。

**エストラゴン**　待って下さい、私ですよ、捨てるんですかって聞いたのは……？

**ウラジーミル**　それに、私です、拾ってもいいですかって言ったのは……。

**ゴドー**　わかりました。ここんところは……。

**エストラゴン**　（拾って）いただきます……。

女４　泥棒……。
ウラジーミル　盗ったんじゃありません、いただいたんです……。
エストラゴン　行こう……。しゃぶれるよ……。
ウラジーミル　うん……。

二人、上手へ去る。

女４　泥棒……。
ゴドー　いいじゃありませんか、この人がもうさんざんしゃぶった後のものなんですから……。
女１　あなた、おなか空いてるんですか……？　（ベンチの方へ）
女４　今朝から何も食べてないんです……。
女１　（ベンチに置いた籠を探って）あら、ごめんなさい、確かここに今朝の食べ残しのチーズが入っていたはずだったんですけど……。少し固くなった……。
ゴドー　食べるものが入用でしたら、そう言って下さればいいんです……。（トランクに近付いて）乾燥ナツメだったか、乾燥アンズだったか、乾燥イチジクだったか……。
ラッキー　乾いてないものはありませんか……？
ゴドー　乾いてないものね……。
ポゾー　お前は、駄目だよ……。
ラッキー　何故です……？

ポゾー　今さんざん骨をしゃぶったところじゃないか……。

ラッキー　あなたです。今さんざん骨をしゃぶったのは、あなたなんですよ。この人はいつもそうなんです、自分でやったことと私がやったことの区別がつかないんです……。

女３　わかりました……？

女１　わかりましたよ、私、ネコにあげちゃったんです、家を出る時に……。

女３　そうじゃなくて……。こちらの……。

ゴドー　乾いてないものですか……？

女３　悪いところです、二人の……。

ゴドー　ああ、悪いところ……。今、ここにいたんですよね……。

女４　もう行っちゃいましたよ、私の骨盗んで……。

女１　どこもかしこもって言ってましたけどね、頭のテッペンから足の先までって……。

ゴドー　（女2に）頭のテッペンから足の先までです……。

女２　駄目です、そんなのは……。

ゴドー　何故……？

ラッキー　食べるものはないんですか、乾いてない……？

ゴドー　ちょっと待って下さい……。

女３　診療所は、内科と外科と小児科と産婦人科と眼科と耳鼻咽喉科にわかれているんですよ。頭のテッペンから足の先まで悪い人なんて、どこへ通したらいいんです……？

遠く、ラッパの音……。

**ラッキー** しゃぶってますよ……。

**ポゾー** どうしてわかる……？

**ラッキー** おいしいって言ったんです、今のあれは……。

**ゴドー** また、会ってた……。

**女１** 何です……？

**ゴドー** ですから、今、また会ってたんですよ、私とあの二人はね……。

《暗転》

## 《二場》

電信柱とバス停の標識とベンチ。夕暮れ。上手よりエストラゴンが、バケツと釣竿と折りたたみ椅子を持って現れ、電信柱のもとに座ってバケツに釣糸を垂らし、釣りをはじめる。同じく上手より、手のとれたぬいぐるみの人形を抱えてウラジーミル現れ、電信柱のかたわらに立つ。

**エストラゴン**　釣りだよ……。

**ウラジーミル**　わかってる……。現に釣りをしてるんだからな。

**エストラゴン**　お前が何をしてるんだって聞くだろうと思ってそう言ったんだけどね……。

**ウラジーミル**　そう言おうとしたさ、何をしてるんだってね。でも、言う前に、ああ、釣りをしてるんだなって、わかった……。

**エストラゴン**　じゃあ、何を釣ってるんだいって聞けよ。

**ウラジーミル**　お前、何も彼もお前の言う通りにさせたいのか……？

**エストラゴン**　いやならいいさ。私も、お前がそこにいるなんて思わないことにするから……。

**ウラジーミル**　何を釣ってるんだ……？

**エストラゴン**　ニンジン……。

ウラジーミル　まさか……。

エストラゴン　（バケツの中からつまみ出して見せ）ほら……。

ウラジーミル　釣れそうか……？

エストラゴン　（ボチャンとバケツの中に入れ）なかなかね……。釣りというのは忍耐だよ……。

ウラジーミル　だろうな……。でも、釣れたらどうするんだ……？

エストラゴン　釣れたらどうするだって、お前、馬鹿か。食うに決ってるじゃないか。そのために私は、お前……。ちょっと持っててくれ（と、釣竿をウラジーミルに渡し、ポケットからフォーク、ナイフ、欠け皿を出して袖でふき、目の前に並べる）ね、ちゃんと用意してきたんだ……。

ウラジーミル　お前ひとりでか……？

エストラゴン　何が……？

ウラジーミル　お前ひとりで食うのか……？

エストラゴン　だって、一本しかないんだぜ、ニンジンは……。

ウラジーミル　（釣竿をエストラゴンに返し）それじゃ、私はどうしてるんだ、その間……？

エストラゴン　どうしてるって、お前……、どうしようもないじゃないか。見てろよ、私が食うのを……。そうすればお前にだって、どういう風なことかってことがよくわかるよ……。

ウラジーミル　どういう風なことか……？

エストラゴン　私がニンジンを食うのがさ……。そして……（とウラジーミルを見て、ラッパのないのに気付き）お前、ラッパをどうした……？

**ウラジーミル**　失くなっちゃったんだ。もしかしたら、誰かに盗られたのかもしれないよ。ゆうべは、この先の空地の土管の中で寝たんだが、朝起きたらなかった……。

**エストラゴン**　どこかそのあたりに落ちてるよ。探しに行ってやろう、これが釣れたらね……。

**ウラジーミル**　釣れないよ……。さっきからピクッともしないじゃないか。それに、ラッパのことはもういい……。

**エストラゴン**　いい……？

**ウラジーミル**　（人形を見せて）こいつを手に入れたからね……。

**エストラゴン**　何だい、それは……？

**ウラジーミル**　赤ん坊だよ、あの乳母車の女が私の子供だって言ってた……。

**エストラゴン**　それか……。

**ウラジーミル**　これだよ。そこの橋の手前に乳母車があったから、ゆうべはあいつ、橋の下で寝たんじゃないかな……。乳母車の中にこいつがいたんで、持ってきちゃったんだよ……。

**エストラゴン**　どうするつもりだ……？

**ウラジーミル**　どこかへ、埋めてきちゃおうと思ってね……。そうすればあいつも、これが私の子供だなんて言えなくなる……。

**エストラゴン**　おい、来た……。

**ウラジーミル**　誰が……？

**エストラゴン**　ニンジンだよ。コツン、コツンてね……。つまり、食いつこうかどうか、迷ってやがるのさ……。

**ウラジーミル**　どこかにしゃべるはないか……？

**エストラゴン**　しゃべる……？

**ウラジーミル**　穴を掘るのさ、こいつを埋めるためのね……。

**エストラゴン**　やめとけ。あいつはね、乳母車の中にそいつがいないとわかったとたん、お前が盗ったって言い立てるよ。そしてお前がそれを持ってないとわかったら、穴を掘って埋めたって言い立てる……。うっ、来た……。決ってるじゃないか。あいつは、そいつがお前の子供だってことまで言い立てた女だぜ……。

遠く、ラッパの音……。

**エストラゴン**　おい……。

**ウラジーミル**　うん……。

再び、ラッパの音……。

**エストラゴン**　ラッパだ……。

**ウラジーミル**　わかってる……。

**エストラゴン**　お前のラッパだよ……。

**ウラジーミル**　だから、わかってるって言ってるじゃないか……。（人形を差し出して）ちょっと、これ預ってくれるか……？

**エストラゴン**　いやだよ……。

**ウラジーミル**　ちょっとだけだよ、あのラッパを返してもらいに行ってくる間……。

**エストラゴン**　その間にあの乳母車の女が来たらどうする……？　私がそれを持ってたら、あいつ、これを私の子供だと思うよ……。

**ウラジーミル**　違うって言えばいいじゃないか……。

**エストラゴン**　違うって言ってハイそうですかって引っこむ女だと思うか……？　そうじゃないからお前だってこれをかっぱらってきて、どこかへ埋めちゃおうって考えたんじゃないのか……？

**ウラジーミル**　だったら、私の子供だって言えばいいよ。私がそう言ってたって……。

**エストラゴン**　その私ってのはお前のことか……？

**ウラジーミル**　そうだよ……。

ラッパの音がして、下手よりラッキーが、ポゾーを乗せた車椅子を押してやってくる。

**ポゾー**　やあ、まだくたばっていないのかね、二人とも……。わかってるよ。自分たちじゃくたばることが出来ないんで、待ってるんだ、くたばらせてくれるものがやってくるのを……。

**エストラゴン**　そのラッパですが……。

**ラッキー**　これですか……？

ポゾー　黙ってろ、お前は……。こいつは私に話しかけたんだから……。（エストラゴンに）そうだろう……？

エストラゴン　ええ、そのラッパ、こいつのものなんです……。

ラッキー　ああ、そうなんですか……？

ポゾー　じゃないよ。それは私のものだ。もちろん、今はこいつが持ってるけどね。

ウラジーミル　でも、ちょっと見せていただけますか……？

ポゾー　見せるんじゃない。

ラッキー　見せるだけですよ。

ポゾー　見せたらこいつのものだってことがわかってしまうからね。だからもちろん、それはもともと、こいつのものだったんだ。でも、ニンジンを盗られたからな……。

ウラジーミル　ニンジン……？

エストラゴン　（ウラジーミルに）盗ったんじゃないよ、拾ったんだ、空地で……。落ちてたのを……。

ポゾー　（ラッキーに）言ってやれ、落ちてたのか、あれは……？

ラッキー　干してたんです……。

エストラゴン　干してた……？

ラッキー　食べる前にちょっと干しておくと甘味が増すんですよ、ニンジンは……。

ポゾー　それが盗られた……。あたりを探させたら、こいつがそれを見つけてきた……。私のものだろう……？

エストラゴン　（バケツからニンジンをつまみ出して）返します……。
ラッキー　でも、ぬれてる……。
ウラジーミル　ふきますよ……。（ポケットから汚いハンカチを出して）
ラッキー　（ポゾーに）どうします……？
ポゾー　やめよう。ラッパは吹けば音がする。ニンジンは食べたらなくなる……。
エストラゴン　（ニンジンをふいているウラジーミルに）お前のものだよ、それは……。
ウラジーミル　でも、どうすればいいんだ……？
エストラゴン　食えばいいじゃないか、ニンジンなんだから……。
ウラジーミル　食えばなくなるよ……。

上手より女2と女3が、葬儀屋の服装をして、受付けのための机と椅子を持って現れる。

女3　ゴシューショーサマでございますって言うの……。
女2　ゴシューショーサマでございます……。
ポゾー　おとむらいかい……？
女2　そうです……。
ラッキー　誰の……？
女2　知りません……。
女3　通報があったんですよ、行って受付けをしてくれって……。

女2と女3、下手に消える。

**ウラジーミル**　（ニンジンをバケツに入れて）釣ることにするよ、そうすればもう少し遊べる……。
（釣竿をバケツに垂らす）

**エストラゴン**　私もそう思ったんだ、食えばなくなるけど、釣れば釣れるまではなくならないってね……。

**ポゾー**　（ラッキーに）どうしたんだ……？

**ラッキー**　釣ってるんです……。

**ポゾー**　何を……？

**ラッキー**　ニンジンを……。

**ポゾー**　釣れそうか……？

**ラッキー**　わかりません……。

**ポゾー**　私にもやらせろ……。

**ラッキー**　この人にもやらせてくれって言ってます……。

**エストラゴン**　（ウラジーミルに）冗談じゃないよって言え……。

**ウラジーミル**　冗談じゃないよ……。

**エストラゴン**　冗談じゃないってさ……。

**ラッキー**　冗談じゃないそうです……。

**ポゾー**　いいよ。おい、あいつを起してこい……。
**ラッキー**　あいつって……？
**ポゾー**　決ってるじゃないか。ゆうべ橋の下で眠ってた、あの乳母車の女だ……。
**ウラジーミル**　（ポゾーに）待て……（エストラゴンに）って言ってくれ……。
**エストラゴン**　そう言ってるよ……。
**ラッキー**　待って欲しいそうです……。
**ウラジーミル**　（エストラゴンに）しゃべるだ、こいつを埋めるための……。
**エストラゴン**　ないよ、そんなもの……。
**ポゾー**　探しに行け。その間、私がそれをやっててやる……。
**ウラジーミル**　ふざけるなって……（エストラゴンに）言ってやらなかったのか……？
**エストラゴン**　ふざけるなってさ……。（ウラジーミルに）冗談じゃないよとは言ったんだけどね……。
**ウラジーミル**　同じ意味だ……。
**ポゾー**　（ラッキーに）連れてこい……。
**ラッキー**　はい……。（下手へ）
**ポゾー**　馬鹿。（上手を指して）こっちだ、橋のあるのは……。
**ラッキー**　ああ、こっちか……。（上手へ）
**ウラジーミル**　（人形を抱えて）行こう……。
**エストラゴン**　どこへ……？

ウラジーミル　どこでもいいんだよ、こいつを埋めることが出来れば……。（下手へ）

エストラゴン　すみませんね、その人が来ても、私たちのことは言わないで下さい……。その人っていうのはつまり、乳母車の女の人のことですけど……。（下手へ）

ポゾー　わかってるよ……。（バケツに近づき、釣竿を拾って、バケツをのぞきこみ）ふふ、ニンジンね……。馬鹿じゃないのか、ニンジンを釣るなんて……。（糸をバケツの中に垂らし）そーら、わかるか、お前……。針には餌がついている……。お前が餌に食いついたとたん、私がこう……、こう……。いやいや、お前、まだ食いついてないからな……。食いついたら、私がこう引っかけて……。お前、何を考えてるんだ、そこで……？

上手より、少年を乳母車に乗せた女4が現れる。

女4　（少年に）いいわね、私がこの人よって言ったら、その人に向ってお父さんて言うのよ……。

少年　お父さん……。

女4　そう……、もっと愛情をこめて……、じゃなくて、愛らしげに……。（ポゾーに気付いて）あら、あの人は……？

ポゾー　どの人だい……？

女4　あの人ですよ、私の妹の亭主でこの子のお父さん……。

ポゾー　私は違うよ……。

女4　そんなことわかってます……。あの人が言ったんですよ、あの……、あなたといつも一緒にいる……。

ポゾー　ラッキーだよ。

女4　その人が言ったんです、あの人がここにいるって……。そのあの人っていうのは私が今言った、私の妹の亭主でこの子のお父さんのことですけど……。

少年　お父さん……。

女4　やめなさい。私がこの人よっていう人にって言ったでしょ……。

ポゾー　何だい、そいつは……？

女4　だから、さっきから言ってるじゃありませんか、私の妹の亭主で、あなたといつも一緒にいる人がここにいるっていった人の子だって……。

ポゾー　黙って。来た……。来た、来た、来た来た、来た……。

女4　何です……？

ポゾー　ニンジンだよ。今ね、ツン、ツンと来たのさ……。

女4　聞いてなかったんですね、私の話なんか……。

少年　釣りをしている人に話しかけても無駄ですよ。特にニンジンを釣ってる人にはね……。降りてもいいですか……？

女4　駄目……。

ポゾー　お前さん、ニンジンをやったことがあるのかね……？

少年　ありますよ……。

女4　いつあの人が来るかわからないんですから……。

少年　コツはね、愛情です……。

ポゾー　愛情……？

少年　ええ、語りかけるんです、ニンジンに……。やさしく……。愛情をこめて……。まるで我子に語りかけるように……。ラッキー……。

ポゾー　（怒って）誰だ……？

女4　何です……？

ポゾー　そいつは誰なんだ……？

女4　ですから……。

下手より女1、編物の籠を持って現れる。

女1　どうかなさったんですか……？（バス停の標識を確かめ、ベンチに座る）

ポゾー　いやね、私とあいつが、どうしていつも一緒にいるのかってことを、話していたんですよ……。

女1　あなたのお体が不自由ですから、お世話をするためじゃありません……？（編物をはじめる）

ポゾー　みんなそう考えるらしいんですがね……。

女4　行きましょう……。（乳母車を押して下手へ）

ポゾー　おい、待て。お前さんに……、じゃなくてその乳母車の奴に話してやろうとしてるんだぞ、私は……。

女4、乳母車を押して下手に消える。

ポゾー　（女1に）そうでしょう……？

女1　何がです……？

ポゾー　ですから、私の体が不自由だから、世話をするためにあいつがついているんだと……。

女1　そうじゃないんですか……？

ポゾー　とんでもない。あいつはね、私を殺そうとしてるんですよ……。

女1　殺す……？

ポゾー　ええ、殺すんです……。

女1　どんな風に……？

ポゾー　どんな風にって……。そんなことわかりません、殺すのはあいつなんですから……。

上手より、廃品のような三脚つきの天体望遠鏡を持って、ラッキー現れる。

ポゾー　ですから、もし何でしたらあなたの口から聞いてみて下さい、どんな風に殺すつもりですかって……。

女1　（ラッキーを見て）来てますよ……。

ラッキー　またその話ですか……？

ポゾー　いいんです。こいつも知ってるんですよ、こいつが私を殺そうとしていることを私が知ってることを……。

ラッキー　こんなものが落ちてました……。（と、天体望遠鏡を組み立て）知ってましたけどね、私が知ってるのは、私がこの人を殺そうとしていることをこの人が知ってることじゃなく、この人が私を殺そうとしているってことなんです……。

ポゾー　落ちてたんじゃないよ。カッパラって来たんです。いつもそうなんですよ、こいつは……。こいつが私を殺そうとしているのもそのためです……。何も彼も知ってますからね、私は、こいつのことを……。

ラッキー　カッパラってきたんじゃありません。拾う前に私は、あたりを見まわしましたからね、誰かこれを落とした方はいませんかって、聞いてもみたんです……。そうなんですよ、この人は、私のそうしたソツのなさが気に入らないんです……。

女1　やめません……？　どうせあなた方、殺す気も殺される気もないんです……。わかってますよ、私には、あなた方、そうやっていちゃついてるだけなんです……。

ポゾー　いちゃついてる……？

女1　そうですよ、みっともない……。

ポゾー　おい、殺してみせてやれ。こっちへまわって、首をしめるんだ……。

ラッキー　あなたですよ。あなたが私を殺すんです。（トランクから刃物を出し）これで刺して下さい。

**ポゾー**　お前が先だ……。

**ラッキー**　だって、あなたが死んじゃったら、誰が私を殺してくれるんです……？

上手より、トランクとコーモリ傘を持って、ゴドー、現れる。

**ゴドー**　ゴドーです……。

**ポゾー**　（ラッキーに）おい、行こう……。

**ラッキー**　でも……。

**ポゾー**　（女1に）いつかおわかりになりますよ。私たちが本当に殺し合おうとしているってことがね……。

**ラッキー**　釣りはどうします……？

**ポゾー**　持っていくよ。もう少しで気持がかよい合うところだったからね……。ニンジンと……。

**ラッキー**　わかりました……。（バケツをポゾーの膝の上に乗せ）では……。

ポゾーとラッキー、下手に消える。

**ゴドー**　ニンジンて、何です……？

**女1**　知りませんけど、それを釣ろうとしてたんじゃありません、あのバケツの中に入ってて……。

ゴドー　ニンジンをね……。（コーモリ傘を広げてさし）どうです……？

女1　何ですか……？

ゴドー　こうやって、私はゴドーですって言ったら、ゴドーに見えるんじゃありませんか……？

女1　どうですかね、私はゴドーって人、見たことありませんから……。

ゴドー　私がゴドーなんです……。

女1　じゃ、いいじゃありませんか、わざわざコーモリ傘なんかささなくたって……。

ゴドー　（傘をたたみながら）でも、傘をさしてた方が思いがけない感じがするんじゃありませんか、雨なんか降ってないんですから……。

女1　思いがけない感じを持ってもらいたいんですね、あなたは……？

ゴドー　（ベンチに近づき）座らせていただいていいですか……？

女1　どうぞ……。

ゴドー　（端の方に遠慮深げに座り）そうでもないんですがね……、つまり、あなたが思いがけない感じを持ってもらいたいんですねっておっしゃいましたから、そうじゃないってことを言ってるんですが……、そうじゃないんです……。

女1　何がそうじゃないんです……？

ゴドー　ですから、あなた今、思いがけない感じを持ってもらいたいんですねっておっしゃいましたから、そうじゃないと……。

女1　その後でもう一度、そうじゃないって言ったんです、あなたは……。

ゴドー　言いましたけどね……。

女ー　ということは、私が今、あなたは思いがけない感じを持ってもらいたいんですねって言ったのに対して、そうじゃないと一度は言っておきながら、やっぱりそうじゃないと……。

ゴドー　じゃありませんよ。普通に話しましょう、普通に……。

女ー　話してますよ、私は、普通に……。

ゴドー　私はゴドーなんです……。

女ー　うかがいました……。

ゴドー　私は人を待たせておりましてね、だいぶ長いこと待たせてしまいましたから、やって来て、来たよって言ったら、えって……、ゴドーかいって……、ひどく思いがけない気がするだろうって思うんですよ……。

女ー　私、お茶とビスケットを持ってきているんですけど、召し上ります……？

ゴドー　結構です。聞いて下さい、大切なところですから……。いいですね、ところが、昨日から何度かそれらしいのに会ってるはずなんですが、それがないんですよ……。えっというのが……。ゴドーかいっていうのが……。思いがけなくないみたいなんです……。

女ー　ですから言ってるじゃありませんか、あなたは思いがけない感じを持ってもらいたいんですねって……。

ゴドー　違います。もちろん、思いがけない感じを持ってもらいたいんですが、それが目的なんじゃなくて、ひとまずそれを手がかりにして、私が私であることに気付いてもらいたいんです……。

女ー　同じことですよ。おいしいお茶ですよ、ビスケットも手焼きですしね……。

ゴドー　ありがとうございます……。（手を伸ばす）しかも、思いがけない感じを持つということはですね、全く違うものを見せて、次にそうじゃなくなったんじゃ駄目なんですよ。あ、違った……で終っちゃいますからね……。おいしい、お茶です……？

女ー　でしょう……？　おいしいお茶の入れ方って知ってます……？

ゴドー　知りませんけど、いいです……。聞いて下さい。ここは肝心なところなんです。全く違うものじゃなく、あ、ゴドーかなってものを見てもらって、次に、ああ、やっぱりゴドーだってね……、これです、重要なのは……。

女ー　そのために傘をさすんですか……？

ゴドー　それもひとつです……。

女ー　ビスケットもいかが……？

ゴドー　いただきます……。ほかにもあるんですよ、方法はね……。（ビスケットを口から出して）これ、固くありません……？

女ー　そういうのがあるんです、時々ね。こっちにしてみて下さい……。

ゴドー　すみません……。ゆうべ考えたのは天体望遠鏡です……。

女ー　天体望遠鏡……？　あの、星を見る……？

ゴドー　そうです……。（ビスケットを口から出し）これも固いんですが……。

女ー　ですから、柔らかそうなのを選んで下さいって言ったじゃありませんか……。

ゴドー　天体望遠鏡で月を見ようとしますでしょう……？　すると、私が見えるんです、レンズの向うに。

女　これなら大丈夫ですから……。

ゴドー　いただきます。はっと思って望遠鏡から目をはずすと、そこに私が立っているというわけです……。ね、これなら、ああ、ゴドーだって……。

女　そうですね……。

ゴドー　（手にしたビスケットを見て）これ、何です……？

女　ビスケットです……。

ゴドー　でも、何故持ってるんだろう……？

女　私がさしあげたんです……。柔らかいのを選んで……。その前のは固いって言いますから……。

ゴドー　ああ……。いい方法だと思いませんか、その天体望遠鏡のことですが……。

女　いい方法ですね……。召し上ってみて下さい……。

ゴドー　何を……？

女　ビスケットですよ、その……。

ゴドー　ところが、駄目なんです……。

女　それも固そうだって言うんですか……？

ゴドー　じゃなくてその天体望遠鏡の話ですよ……。（無意識にポケットからティッシュ・ペーパーを出してビスケットをつつむ）そう思って、ゆうべ天体望遠鏡を手に入れたんですけどね……。盗まれちゃったんです……。

女　とっておくんですか……？
ゴドー　いや、とっておくんじゃなくて、今日使うつもりでこの先の空地の材木置場の所に立てかけておきましたら……。
女　何を……？
ゴドー　ですから、その天体望遠鏡ですよ……。
女　天体望遠鏡……？
ゴドー　今、その話をしてるんじゃありませんか……。（ティッシュの包みを見て）これは何でしたっけ……？
女　ビスケットです、私の差しあげた……。
ゴドー　ああ、そうでした……。（と、これを無意識にポケットに入れ）盗まれてしまっちゃ、しょうがありませんからね……。
女　ありますよ……。
ゴドー　何が……？
女　天体望遠鏡です……。
ゴドー　どこに……？
女　あそこ……。（と、電信柱の元のラッキーの置いた場所を示す）
ゴドー　あった……。（と、立上り）これだ……。（と、近付き）私が拾ってきたものですよ、廃品置場からね……。あなたですか……？
女　何が……？

ゴドー　ですから、ゆうべこの先の空地の材木置場に立てかけてあったのを、ここへ持ってきたのは……。

女　馬鹿なこと言わないで下さい……。

ゴドー　いや、盗ったとか、そういうことを言ってるんじゃありませんよ。第一、盗るようなものじゃありません、私だって拾ってきたんですから……。（のぞいて見て）見えないな……。

女　そこのふた……、取らないといけないんじゃありません……？

ゴドー　ふた……？（筒の先のキャップをはずし）ああ、これだ……。

女　本当は、盗んできたんです……。

ゴドー　盗んだ……？　でも、そういうことは気にしないで下さいって言ってるじゃありませんか……。

女　私じゃないんですよ。ラッキーっていう、いたじゃありませんか……。

下手よりラッキー、天体望遠鏡を取りに出てくるのだが、ゴドーがいるので、そのまま引返す。

ゴドー　今の……？

女　そうです……。

ゴドー　すみません、ちょっとこれ、のぞいて見て下さいませんか……？

女　私がですか……？（立上る）

ゴドー　ええ、私がどういう風に見えるか、見てみたいんです……。

女　—　でしたら、あなたが見た方がいいんじゃありません……？

ゴドー　そりゃそうですが、私が見ると、私を見るわけにはいきませんからね……。

女　—　これを……？

ゴドー　そうです……。私、ここですから、それをもう少しこっちに向けて……。

女　—　そっちへね……。（筒をそちらに向け）傘はささなくてもいいんですか……？

ゴドー　いいんです。そこに見えるだけで、充分思いがけないんですから……。

女　—　もうちょっと離れて下さい……。近すぎますよ……。

ゴドー　こうですか……？（上手へ）

女　—　ええ、もうちょっと……。

ゴドー　もっとですか……？（上手へ）

女　—　もう少し……。

ゴドー　離れすぎやしません……？

女　—　でも、これ、天体望遠鏡ですからね、近すぎるとぼやけるんです……。

ゴドー　言って下さいね、いいってとこまで行ったら……。（ゴドー、上手に消える）

女　—　（のぞきながら）もうちょっと、もうちょっと、もうちょっと……。（顔を上げて大声で）曲がらないで。もっと左……。そう……。（のぞいて）そう……。そこ……。（顔を上げて、大声で）そこ……。いい……。いいの……。ＯＫ……。（両手で丸を描いてみせる）本当に……。

下手より、再びラッキーが現れる。

ラッキー　（望遠鏡を示して）いただいていっていいですか……？

女１　何故……？

ラッキー　私が拾ったんです……。（持ち上げる）

女１　でも、あの人のものよ……。

ラッキー　（持って下手へ行きながら）そう言ってやって下さい。落ちてたから私が拾いましたって……。（下手に消える）

女１　（下手に）待って……。（それから上手に）すみません、持ってかれ……。（とうてい声が届かないとあきらめ、下手へ）でも、どこへ持ってくの……？

下手より女２と女３が、机と椅子を持って現れる。

女３　私たちだってよくわからないんです。あっちへ行けばこっちだって言われるし……。

女１　あなたたちに言ったんじゃないんですよ……。でも、ちょうどよかったわ、待ってたんです、あなたたちの来るのを……。

女２　じゃ、ここよ……。

女３　何故……？

女２　そう言われたじゃないの、行けば誰かが待っているからすぐわかるって……。（女１に）

ゴショーコーの方ですか……？

女1　何、ゴショーコーって……？

女3　私たち、お葬式の受付けなんです……。

女1　そうじゃなくて、ゆうべ私、あなた方に教えてもらった簡易診療所の待合室で休ませてもらったんですけどね、そこに……（とベンチにもどり、籠の中から毛糸の玉をひとつ取り出し）この色の毛糸、忘れてませんでした……？

女2　さぁ……。ビスケットが盗られたって話は聞きましたけど、犬の……。

女1　犬のビスケット……？

上手より、ゴドー、もどってくる。

ゴドー　ゴドーです……。

女3　また来たわ……。

女2　何……？

女3　昨日からこのあたりにいるのよ……。

ゴドー　（女1に）どうでした……？

女1　見えましたよ、きれいに……。でも言いましたでしょう……？　あら、言わなかったかしら、持ってっちゃったんです、あの人が、ですからそこの……、そこにあった天体望遠鏡を……。

ゴドー　持ってっちゃった……？　だって、それじゃ私が見られないじゃないですか……。

女1　見られませんけどね、でも、どっちみちあなたこっちへ来ちゃったんですから、見ても誰もいませんよ……。

ゴドー　大急ぎで走って来たんです……。

女1　ちょっと待って下さいね、こっちの用をすませてしまいますから……。（女2に）毛糸です……。

女2　知りませんて言ってるじゃありませんか……。待合室にお泊りになったんですか……？

女1　そうですよ。そこからそのままここへ来たんですから、ここにないってことは待合室に忘れてきたってことになります……。

女3　うちへお帰りにならずに……？

女1　うちなんかありません。あれば待合室になんか泊りませんよ……。

ゴドー　でも、その前は……？

女1　その前って、何です……？

ゴドー　ずっと、そういう所を泊り歩いて……？

女1　そうですよ……。もちろん幾度かそうでないところからお誘いをいただいたこともありましたけどね、生憎私は……、私の母もそうでしたけど、まともな家庭でしつけられましたから……。

女3　でも、手紙を受取ってらしたじゃありませんか……？　確か、おうちに届いたとかいう……。

女１　うちがあったら届くだろうって手紙は、私、いくつか用意してありますよ……。（籠を探して）それは、誰からの手紙でした……？

女２　息子さんからの、会いたいという……。

女１　普通は、別れた主人からのね、いくらか工面をしてくれないかという手紙にしてるんですが……。ないわ。じゃ、あれも待合室よ……。

　　エストラゴンとウラジーミルが、下手より白木の棺桶を持って、ゆっくり現れる。

ウラジーミル　おい……。

エストラゴン　わかってる。そのまま、そのまま……。

女２　ここのじゃない……？

女３　だろうと思うけど……。

　　エストラゴンとウラジーミル、そのまま上手に消える。

女１　どうしたのかしら……？

女３　あなたの息子だと思ってるんです……。

女１　誰が……？

女２　あの、先頭の……。

ゴドー　どこかで会ったことがあるんですか……？
女１　かもしれませんね、どこかの無料宿泊所か、救護所で……。
ゴドー　私を待っていることになっている二人です……。（女１に）それじゃどうして声をかけないんだって言いたいんじゃありませんか……？
女１　いいえ……。
ゴドー　もう何度もやってみて駄目だってことを知ってるからです……。ゴドーですって言うと、エストラゴンですって言うんです……。もう一人の方にゴドーですって言うと、ウラジーミルですって言いますしね……。そしてそれがどういうことかわからないんですよ、あの二人には……。

下手より、少年を乗せた乳母車を押して女４、現れる。

女４　（ゴドーを指して）この人よ……。
少年　（ゴドーに）お父さん……。
ゴドー　え……？
少年　（女４を振り返って）お父さん……？

ゴドー、一瞬、目がくらんで崩れ落ちる。

女3　大丈夫ですか……？（駆け寄る）

女4　違うわよ、馬鹿ねえ……。（ハンドバッグで少年をぶつ）お父さんていうのは、私がこの人よって言う……。

少年　だって、今……。

女1　どうしたのかしら……？

女3　（女2に）何かない……？

女2　ショックを受けたんです、その子にお父さんて言われて……。（女3に）気付け薬よ……。

女4　そうじゃないんです。今、そこでニンジンを釣っている人が、殺すって話をしてましてね、ゴドーって人を……。

女1　この人よ……。

女4　そうです。ですから、私、知らせようと思ってここまできて、この人がいましたからこの人よって……。

女3　（起き上ろうとするゴドーを押えて）まだ駄目ですよ、ちょっとこのまま横になってて下さい……。

女1　間違いだったんです……。

ゴドー　間違い……？

女1　ええ、この子はね、あなたのことをお父さんだって言おうとしたんじゃなく、殺されるってことを言おうとしただけなんですから……。

ゴドー　ああ……。（安心してぐったり）

**女2**　暫くそっとしておきましょう……。安心はしたみたいですけど、無理はさせない方がいいんですよ、こういう場合……。

**女4**　でも、この子にお父さんて言われてショックを受けたんだとすれば、何か思い当ることでもあるのかしら……？

**女1**　この年ですからね……。私だって、誰かにお母さんて言われたら、ドキッとしますよ……。

**女3**　ねえ、この人、そこのベンチの上にでも運べないかしら……？

**女2**　そうね……。

　上手より、エストラゴンとウラジーミルが、白木の棺桶を持って現れる。

**ウラジーミル**　おい……。

**エストラゴン**　わかってる。そのまま、そのまま……。

**女3**　待って……。

　二人、止る。

**女4**　（少年に）駄目よ……。

**少年**　何が……？

**女4**　もうやめたのよ、あなたのお父さんを探すのは……。

**女２**　（エストラゴンに）それ、ここのじゃない……？

**エストラゴン**　そうですよ……。

**ウラジーミル**　このあたりに受付けがあるからって……。

**女３**　あそこよ……。

**エストラゴン**　（ウラジーミルに）あそこだ……。

**女２**　（電信柱の下あたりを示して）ここに置いてちょうだい……。

**ウラジーミル**　やれやれ、永遠に歩き続けるのかと思ったぜ、こんなもの持ったまま……。

**女１**　中身は、誰……？

**エストラゴン**　まだです……。

**女１**　まだ……？

**女２**　（ふたをちょっと持上げてみて）空っぽなんです……。

**女３**　（エストラゴンとウラジーミルに）ついでにこの人を、そのベンチまで運んでちょうだい……。

**エストラゴン**　別料金で……？

**女３**　馬鹿なことを言わないで、これをここからそこまで持ってくだけよ……。

**女１**　（ベンチの上の籠を持って）私、ゆうべの待合室へ行って、毛糸を取ってくるわ。黒いベールみたいなものもあった方がいいわね、お葬式でしたら……。

エストラゴンとウラジーミル、ゴドーを持ち上げてベンチに運ぶ。

**女　２**　待合室、あまり引っかきまわさないで下さいよ……。

女1、下手に去る。

**女　２**　あなたが泊った後は、必ず何か失くなるんですから……。

**エストラゴン**　（女1を見送って）あれは、誰だっけ……。

**ウラジーミル**　誰でもないよ……。

**女　４**　私たちも行きましょう……。（女3に）黒い服がなければ、黒いリボンか何かでもいいですか……？

**女　３**　何です……？

**女　４**　お葬式ですよ。黒いリボンなら何とかなるかもしれませんから……。

女4、少年を乗せた乳母車を押して上手に去る。上手奥より、ラッパの音……。

**エストラゴン**　おい……。

**ウラジーミル**　うん……。

**エストラゴン**　ラッパだよ……。

**ウラジーミル**　わかってる……。

エストラゴン　今の……、あいつだ……。

ウラジーミル　でも、誰なんだ、あいつは……？

エストラゴン　わからないけどね……。

エストラゴンとウラジーミル、電信柱の棺桶に並んで座る。

女２　あなた方、そこですか……？

ウラジーミル　え……？　ここ、まずいかい……？

女３　かまいませんけど……。

女2と女3、受付の机に座る。ゆっくりと巨大な月が昇る。

エストラゴン　（うめく）

ウラジーミル　どうした……？

エストラゴン　寒い……。

ウラジーミル　もっとこっちへ寄れ……。

エストラゴン、ウラジーミルに近づき、ウラジーミル、その肩を抱いてやる……。

ウラジーミル　どうだ……？
エストラゴン　寒い……。
ウラジーミル　抱いてやってるんだぞ……。
エストラゴン　よけい寒い……。
ウラジーミル　（脱ぎながら）私の上着を貸してやろう……。
エストラゴン　でも、お前はどうなる……？
ウラジーミル　お前のを借りるよ……。
エストラゴン　（脱ぎながら）さすがだな……。お前がいないと、とうてい生きていけないだろうなって……。

同じことを女2と女3もやりながら、女3が上着を脱ごうとして気付き……。

女　３　（エストラゴンとウラジーミルに）やめなさい……。
エストラゴン　（ウラジーミルに）何だい……？
ウラジーミル　やめろってさ……。
エストラゴン　誰が……？
ウラジーミル　誰だか知らないよ、もしかしたら私たちは、誰かを待っててさ……。
女　２　そうですよ。あなたたちはそこで誰かを待っているんです……。

下手より、ラッキーがポゾーを乗せた車椅子を押してやってくる……。

**エストラゴン**　こいつらかい……？

**ラッキー**　違いますよ。って、本当は私が言うんではなくて、私が言おうとするのをこの人が黙れって言って止めて、私は私のラッパを盗った奴を追いかけてるんだって……。

**ウラジーミル**　私のラッパだ……。

**ラッキー**　そうですけど、釣り道具と取りかえて……。って、この人が……。

**エストラゴン**　釣り道具は私のだ……。

**ラッキー**　でも、ラッパと取りかえたんですから……。

**ウラジーミル**　ラッパもないじゃないか……。

**ラッキー**　ですから、言ってるじゃありませんか、盗られたって……。こういうことは全部、この人が言うことなんですけどね、さっきからこの人……。（ポゾーに）大丈夫ですか……？

**ポゾー**　（うめく）

**女３**　待って……。

ベンチの上のゴドーも、同様にうめき、それからゆっくり上半身を起す……。

**女３**　あの人ですよ、あなた方が待っていたのは……。

**エストラゴン**　私たちが待っていた……？

**女2**　そう言ってましたよ、その人が……。

　　ゴドー、ベンチを降りて立上り、トランクを持ち、コーモリ傘を広げて……。

**ゴドー**　ゴドーです……。

**エストラゴン**　何だって……？

**ゴドー**　ゴドーです……。

**ウラジーミル**　（エストラゴンに）ゴドーだってさ……。

**エストラゴン**　ゴドー……？

**ウラジーミル**　そう言ったんだ、この人は今……。

**ゴドー**　ゴドーです……。

**エストラゴン**　ああ……。

**ウラジーミル**　あの……。

**エストラゴン**　そうだよ……。

**ゴドー**　そのゴドーです……。

**ウラジーミル**　じゃないかと思ったよ……。（ラッキーに）でも、そのラッパのことはね……。

**ゴドー**　（ウラジーミルの肩をつかんで、こっちを向かせ）来たんです……。

**ウラジーミル**　何だい……？

**ゴドー**　ゴドーです……。

**ウラジーミル**　だからそれはもうわかったって言ってるじゃないか……。

**エストラゴン**　ちょっと、待て。この人はね、何かほかに言いたいことがあるんじゃないのかな……？

**ゴドー**　来たんです、ゴドーが……。

**ウラジーミル**　（ゴドーに）来たんだろう、お前さんが……。（エストラゴンに）そして、来たこの人がゴドーだってこと以外に、何だ、言いたいことって……？

**エストラゴン**　（ゴドーに）何です……。

**ゴドー**　来たんです。

**ウラジーミル**　だから、それはもうわかったって言ってるじゃないか……。

**ゴドー**　だって、いいですか……。（あれこれ思い浮かべるが、何と言っていいかわからず、やむなく）来たんです……。

**エストラゴン**　わかった。だからね、来たのはゴドーじゃなく、この人だって言いたいんじゃないのかな……？

**ゴドー**　じゃなくて、私、ゴドー、が、来た……。

**ウラジーミル**　（女3に）あなた方、わかりますか、この人が何を言おうとしているのか……？

**女　3**　ですからね、この人がゴドーで、あなたたちのところへ来たって……。

**エストラゴン**　さっきからそう言っているんだけど、この人が違うって……。

**ゴドー**　違わないですよ。その通り、来たんです、私が、ゴドーが……、とうとう……。

**ウラジーミル**　とうとう……？

ゴドー　そう。とうとう……。とうとう来た……。それです、私が言いたかったのはね……。

エストラゴン　とうとうね、わかりました。（ラッキーに）で、ラッパのことはどうなったんです……？

ゴドー　（エストラゴンの肩をつかみ）待って下さい。とうとう来たんですよ、私は……。

エストラゴン　わかったって言ってるじゃありませんか……。

ラッキー　もしかしたらこの人は、休みたいって言ってるんじゃないですか、とうとう来たんですから……。

ウラジーミル　それだ。ここいらあたりに座って下さい……。

ゴドー　違います。休みたいことは休みたいですけども、とうとう来たんですから……。それというのも、あなた方が待っておられるとうかがって……。そうなんです、あなたがたはね、待っていたんですよ……。

エストラゴン　（ウラジーミルに）待っていたかい……？

ウラジーミル　待っていたような気もするよなあ……。

エストラゴン　でもあれは、確かゴドーっていう……。

ウラジーミル　この人がゴドーだよ……。

エストラゴン　おお……。

ゴドー　そうです。そのゴドーが私で、とうとうやってきたんです……。

エストラゴン　何だ。それを先に言って下さらなくちゃ……。休んで下さい……。

ゴドー、倒れる。

**女２**　どうしました……？（駆け寄る）

下手より、女1、黒いベールをかぶって現れる。

**女１**　ゴシューソーさま……。（ゴドーをのぞきこんで）お亡くなりになったんですか？

**女２**　いいえ、生きてます……。

**女３**　この人はね、とうとう来たんですよ、この人たちのところへ……。でも、わからないんです、この人たち、それがどういうことか……。

**ウラジーミル**　わかってますよ。

**ラッキー**　じゃ、どうして倒れちゃったんです……？

**エストラゴン**　だから、私たちがわかってるってことをわかってくれないんです、その人が……。

**女１**　言ったんですか……？

**エストラゴン**　何を……？

**女１**　ですから、この人が来たってことを、あなた方がわかったたって……。

**ウラジーミル**　わかったたって言ったかどうかわかりませんが、現に来てて、ああ、来てるなって……。

**女２**　それがいけないんです……。

**ラッキー**　それですね……。

**エストラゴン**　でも……。

**女１**　だって、来たんですよ、この人は……。

**女２**　それも、とうとうです……。

**女１**　とうとう……。そこが問題ですね。あなた方は来たと思ってるんです。ところがこの人は、とうとう来たんですから……。

**女３**　その上、あなた方待ってたんですから……。待ってなければ、来ても、とうとう来ても、あれですけど、待っててとうとう来たということになると……。

**ゴドー**　（起上って）いいです。私から話しますよ。（エストラゴンとウラジーミルに）私たちは別に、あなた方を責めてるわけじゃないんです……。

**ウラジーミル**　責めてるじゃありませんか……。

**ゴドー**　責めているように見えるかもしれませんが、それはあなた方がわからないことを言うから……。

**エストラゴン**　何がわからないんです。わかってますよ、あなたが来たってことでしょう、私たちが待っていて……。

**女１**　ちょっと、落着いたらどうですか。

**ウラジーミル**　落着いてますよ、私たちは。あなたたちの方が、何だかわかりませんがギャア、ギャア、ギャア、ギャア、わめいて……。

**ポゾー**　ぶちのめせ……。

**ラッキー**　まあまあ……。

ポゾー　ぶちのめせ……。
女１　いい方法かもしれませんよ、それ……。
ゴドー　何が……。
女１　ぶつんです、この人たちを……。それほど強くなくですね。そうしたら、この人たち、ハッとしますでしょう……？　ハッとすれば、ああ、来たんだって……。
ラッキー　それだ……。
エストラゴン　やめましょうよ。だって、ハッとしなくても、私たち、わかってるんですよ、来たってことは……。
ポゾー　ぶちのめせ……。
ラッキー　やりましょう……。
ウラジーミル　今、落着いて話しましょうって話、したとこじゃ……。

ラッパの音がして、上手より少年を乳母車に乗せて、それを押しながら女4、現れる。

女４　どうしたんです……？
女２　今、みんなでこの人たちをぶとうって話をしてるんです……。
女４　思いっきりですか……？
女２　思いっきり……。
エストラゴン　ちょっと待って下さいよ、そういうことじゃないでしょう……？　今、ここのあれは……。

**ゴドー**　ぶったら、ハッとする……？

**女　１**　そうです。我に返るんですよ。

**ポゾー**　ぶちのめせ……。

**女　４**　この子にやらせて下さい。この子、毎日ぶたれてますからね、どうぶったら痛いか、よく知ってるんです……。

少年、乳母車を降りてラッパを吹く。

**ウラジーミル**　我に返るって言うんでしたら、私たち、いつも我に返ってますよ……。

**ラッキー**　棒か何かありますか……？

**ゴドー**　（コーモリ傘を少年に渡して）これでいい……。

**エストラゴン**　それじゃ、そっとやって下さいよ、余り強くなく……。

**少　年**　（ラッパをウラジーミルに渡して、コーモリ傘を両手に持ち）いきますよ……。（バシリと、エストラゴンの尻を打つ）

**エストラゴン**　痛っ……。

**女　１**　わかりました……？

**エストラゴン**　何が……？

**女　１**　ですから、この人が来たっていう……。

**エストラゴン**　そんなことは、だって、ぶたれるまでもなく……。

**ラッキー**　駄目だ、これは……。

**女４**　（少年に、ウラジーミルを指し）そっちもよ……。

**ウラジーミル**　ちょっと、待って、同じことなんだから……。（と逃げる）

**少年**　いきます……。（ウラジーミルの尻を打つ）

**ウラジーミル**　痛っ……。強すぎないか、お前……。おお、痛い……。

**女１**　どうです……？

**ウラジーミル**　わかりました……。

**ゴドー**　何が……？

**ウラジーミル**　あなたですよ……。来ました、とうとう……。

やや、間……。風の音……。

**ゴドー**　違うよ……。

**女１**　何が違うんです……？

**ゴドー**　まだ、来てない……。いや、私は来てるけど、この二人にとってはまだ来てない……。

少年、エストラゴンとウラジーミルを次々にぶつ。

エストラゴン　やめろ。だって、来てるんですから、来てるってことが、現にわかってて……。

ウラジーミル　よせ。馬鹿。あなたが来てるんだったら、私たちに……って来てますよ。

ポゾー　ぶちのめせ……。

ラッキー　でも、どうします、これ……？

ゴドー　やめろ（と、少年をやめさせ、自分からエストラゴンにつかみかかり）いいか、私だ、ゴドーだ……。お前たちが待っていた、あのゴドーなんだ、私は……。（組み伏せて、首を絞める）

ウラジーミル　（ゴドーをエストラゴンから引き離そうとしながら）よせ。死んじゃうよ、そんなことをしたら……。知ってるんだから、こいつも、私も……。あんたがゴドーで、しかも、ここにいるってことを……。来たってことを……。

エストラゴン　知ってます、私も……。あなた、ゴドーです……。来たんです……。

ゴドー　来てない。私は来てるけども、お前たちは来てると思ってない……。

ポゾー　ぶちのめせ、ぶちのめせ……。

ラッキー　どうしよう、どうしよう……。

女１　どうなのかしら、どうしてこんな、わかりやすいことがわからないの……。ゴドーが来たって、それだけのことじゃないの……。

ウラジーミル　とめて下さい。みんな、とめないと、こいつは殺されてしまいます……。

突然、ウラジーミル、手の中のラッパに気付き、それを吹く。また吹く。

エストラゴンから、ゴドー、手を放す。それぞれ、ぐったりとそこにうずくまる。

**女1**　どうでした……？

**ゴドー**　駄目だよ、こいつらにはどうしても、私がゴドーで、その私が来たってことがわからないんだ……。

**エストラゴン**　わかってますよ、あなたはゴドーで、しかも来たんです……。

**ゴドー**　ね、ちっともわかってない……。

**ポゾー**　行くぞ……。

**ラッキー**　どこへ……？

**ポゾー**　ほかへね……。出会ったら殺せと言われてたんだが、こいつらは出会わなかったんだよ……。

ラッキー、ポゾーを押して、下手へ。

**女2**　行きましょう……。

**女3**　もう、いいの……？

**女2**　お葬式はなかったのよ……。

**女1**　私も、行くわ……。そうなのよ、どこかで私の、別れた主人が待っているはずなのよ、少しお金を工面して欲しいって……。

**女4**　（少年に）行くわよ。あなたの、本当のお父さんを探しに……。

女2と女3は、道具を持って上手へ。女1は下手へ。女4は、少年を乳母車に乗せて……。

**女4**　（ゴドーに）あなたじゃないでしょうね、この子のお父さんは……？

女4、上手に去る。ウラジーミル、ラッパを吹く。

**エストラゴン**　何て言ったんだ……？

**ウラジーミル**　わからないよ。お前に聞こうと思ったんだ、何て言ったって……？

**エストラゴン**　もう一度吹いてみてくれ……。

**ウラジーミル**　（吹く）どうだい……？

**エストラゴン**　もう一度……。

ウラジーミル、吹きながら下手へ……。

**エストラゴン**　おい、どこへ行くんだ……。（立上る）

ウラジーミル、下手へ消える。

**エストラゴン**　待てよ。もう一度だけ。もう一度だけ、吹いてみてくれ……。

ウラジーミル、ラッパを吹く……。

**エストラゴン**　そうだ……。もう一度……。

言いながらエストラゴンも下手へ……。ややあって、ゴドー、ゆっくり立上る。トランクとコーモリ傘を持つ。

**ゴドー**　ゴドーです……。もしかしたらみなさんは、もうお聞きになっているかもしれません……。
その夜ゴドーは、郵便局の角を曲って煙草屋の方へ、ゆっくり歩いて行きました……。
（コーモリ傘を開いて）こんな風に……。

ゆっくり歩いて、上手に消える。棺桶だけひとつ残されて……。

《暗転》

# 犬が西むきゃ尾は東

## 登場人物

男1
男2
男3
男4

女1
女2

## 《一場》

舞台やや下手に電信柱。ゴミ捨て用のポリバケツが一個。他は何もない。
男1がリアカーに棺桶と、その他ビニールシートなど、いくつかの道具を乗せて、一歩々々歩数を数えながら現れる。

**男1**　こ、ろ、ん、だ、だ、る……（と、電信柱のもとに止り、リアカーから手を放して下手に歩いて）ま、さ、ん、が……、（と下手に引っこみ）こ、ろ、ん、だ……。（と下手より引返してくる）

**男1**　ここかな……？（と言いながら、ビニールシートを敷き、カンカラをひとつ置いて、それを前にして座る）

上手より、『テルゼノン・A』という薬の名らしきものを書いた看板を前後に掛けた、サンドイッチマンの男2が、これも歩数を数えながら現れる。

**男2**　ぼ、ん、さ、ん、が、へ、を、こ、い、た……。ぼ、ん、さ、ん、が……（と、一度は下

手に引っこみ）へ、を、こ、い、た……。（と、再び引返してくる）

男1　何だ、それは……？

男2　何が……？

男1　ぼんさんが屁をこいた……？

男2　そうだよ……。

男1　だるまさんがころんだって言え……。

男2　ガキじゃあるまいし……。

男1　ガキ……？

男2　ガキのころはそう言ってたよ、だるまさんがころんだってね……。いい年こいて、そんなこと言ってられるか……。（カンカラを示して）何だい……？

男1　カンカラだよ……。

男2　金を入れてくれって言うのか……？

男1　言ってやしないじゃないか……。

男2　でも、これがここに置いてあって、お前がそこに座ってたら、どう見ても金を入れてくれってフンイキだよ……。

男1　じゃ、入れろよ……。

男2　ないんだ……。

男1　ない……？　百円玉一個だぞ……。

男2　ほら……、（と、ポケットから出して見せ）十円玉が三つ……。

男1　半分よこせ……。

男2　どうやって半分にするんだ、三個だぞ……。

男1　じゃ、一個でいい。もともとお前のもんだからな、それは……。

男2　（一個をカンカラに入れ）お前も、これをやれよ……。（と、看板を示す）

男1　（読んで）テルゼノン・A……？　何だそれは……？（と言いながら、カンカラの十円玉をポケットへ）

男2　健康増進……。（と言いながら、男1の行為を見とがめ）お前、それとっちゃうのか……？

男1　とるって、何を言ってんだ。お前、くれたんだろう……？

男2　やったけども……。入れとけよ、せっかくやったんだから……。

男1　こんなもんが入ってるとな、次にくれる奴も十円でいいと思っちゃうんだ……。健康増進……？（再びポケットへ）

男2　そうだよ。効果テキメンさ……。

男1　俺はこれ以上健康になりたくないんだ。と言うより、もうちょっと悪くなりたいくらいでね……。

男2　服めって言ってるんじゃない、（看板を示して）これをしょって歩けって言ってるんだ……。

男1　俺は（リアカーを示して）そいつを引っぱって歩いてるよ……。

男2　いくらだ……？

男1　何が……？
男2　こいつを引っぱって歩くといくらになるんだ、一日……？
男1　馬鹿言え。俺が俺のものを引っぱってるんだ……。
男2　(看板を示して) 一日、千五十円……。
男1　それしょってるだけでか……？
男2　しょって、歩いてるだけでいいんだ、どこか、人目につくところをね……。
男1　誰もいないじゃないか……？
男2　お前がいるよ……。(棺桶を示して) かみさんか……？
男1　(立って棺桶のふたを取って見せる) サラだよ……。拾ったんだ……。
男2　拾った……？　こんなものをか……？
男1　この先の、廃車置場んとこでね……。買わないか……？
男2　買わないかって、俺がか……？
男1　そうだよ。これだけのもんだからな、千てことはないぜ、万だよ……。数万……。もしかしたら数十万……。

男2　まさか……。火葬場へ持ってって燃やしちゃうだけのもんじゃないか……。
男1　中に誰か入れてな……。かみさんはいないのか……？
男2　いないよ、今はな……。
男1　俺も、今はいないが、どこかその辺をうろついてるよ……。わかるだろう、俺がこいつを拾ったのを知ってるのさ。だから、俺がこれを誰かに売って、金を手に入れたら、どこか男2　から現れるよ。半分よこせってね……。売れないよ、こういうものは、めったにね……。誰か死んだところにたまたま行きあわせても、かかりつけの葬儀屋がいたりするんだ……。

　　上手より男3が、パラソルをさした女1を乗せた車椅子を押し、歩数を数えながら現れる。

男3　か、あ、ちゃ、ん、に、に、げ、ら、れ、た……。（停る）

女1　（車椅子を降りて）と、う、ちゃ、ん、が……、（と歩き）く、び、つっ、た……。（と、引返してくる）

男1　（男2に）ああ言ってるよ……。

男2　そうだけどね……。

男1　（男3に）こいつのは、ぼんさんが、屁をこいたって言うんだ……。

女1　私たちも、昔はそう言ってたわ。でも、この年になるとね……。

男3　（車椅子の荷を降しながら）坊さんが屁をこいたって、面白くもおかしくもないだろ……？

男2　でもこいつのは（と、男1を示し）だるまさんがころんだ、だぜ……。

男3　で、俺は聞いてみた。物知りにね、ほかに何かないかって……。

女1　でも、その人が教えてくれたのは、かあちゃんににげられたってとこまでで、その後の、とうちゃんがくびつったっていうのは、私が考えたの……。

男3　俺はね、それはそれほどいいとは思ってないよ。だって、かあちゃんににげられたからって、とうちゃんがくびつるかっていうと……。（荷をビニールシートの上に置こうとする）

男1　おい、何をするんだ……？

男3　いや……、（と手を止め）これは、お前のか……？

男1　当り前じゃないか、俺がここに座ってるんだ……。

女1　花見じゃないの……？

男2　何だい、花見って……？

男3　花を見るのさ。ここらあたりで花見があるから行けって言われたんだ……。（男1に）置かせてもらっていいかい……？

男1　いいけどね、それはここじゃないよ、第一、花なんかないじゃないか……。

男2　これは電信柱だしな……。

女1　花はさかりを、月はくまなきをのみ見るものかは……。

男2　だって、枯木もないんだから……。

男3　（座って）電信柱を見よう……。

男1　おいおい、ここでか……？

女1　いいじゃないの、これだけ広いんだから……。（これも上って座る）

男2　何か、食べたりなんかするのかい……？

男3　花見だからな……。（女1に）このあたりに広げよう……。

男1　ちょっと待てよ。お前たち、本気でここでおっぱじめようってのかい……？

女1　それほどのことじゃないじゃないの、ほんのちょっとここに座って、ほんのちょっと食べたり飲んだり……。（男3に）あなた、何してるの……？

男3　いや、お前、ここに入れといたポップコーンの残り、知らないか……？

女1　知りません、これは私の分ですからね……。（と、バッグから出す）

男2　ポップコーンか……。

男1　（男2に）お前、ポテトチップを食うかい、ちょっとしけってるけど……。

男2　お前の食い残しだろ……？

上手より、リュックサックを背負い、ショッピングバッグを持った女2が、やはり歩数を数えながら現れる。刑事らしい男4がついてくるが、これは歩数を数えていない。

女2　じ、い、ちゃ、ん、が、あ、わ、を、ふ、く……。

男4　（ポケットから手帳を出して見せ）刑事です……。

女2　ば、あ、ちゃ、ん、は、の、た、れ、じ、に……。（と、下手に消える）

男4　連行してるんですよ、窃盗の現行犯でしてね……。

男3　行っちゃったよ……。

男4　帰ってきます。（指で数えながら）じいちゃんがあわをふく、と行って、ばあちゃんはのたれじにで帰ってくるんですよ……。

女1　でも、今、ばあちゃんはのたれじにって行っちゃったけど……。

男4　いやいや、だって、（指にこだわり）じいちゃんがあわをふく、と来て……。

男2　それで、ばあちゃんはのたれじにって帰るんだとすれば、そっち（上手）へ行くはずなんだから……。

男4　こっち……？　で、あいつは今、どっちへ行きました……？

男1　（下手を示し）そっちだよ……。

男4　でも、いいですか……。

男3　何か飲むものはないかな……？

女1　ありますよ……。（出して）私の分ですけどね……。（男4に）追いかけた方がいいんじゃありません……？

男4　いや、いいんです。

男2　逃げちゃったんじゃないのかな……。

男4　帰ってきますよ。ここに身元引受人がいるって言うんで来たんですから……。

男1　身元引受人……？

男4　ええ、初犯ですからね……。もちろんそんなことはないと思いますが、本人がそう言ってますから、そうだとしたら身元引受人がいる場合、釈放しようと……。

男1　（男3に）お前か……？

男3　何が……。

男1　だから、今の身元引受人……？

男3　俺……？

男1　うん……。

男3　じゃないと思うけどなぁ……。

女1　じゃないに決ってるじゃないの。（男1に）この人のあれは私ですよ……。

男2　（男4に）亭主を探しているのかい、今のあれは……？

男4　と、思いましたけど、私は……。

男2　じゃ……（と男1に）お前だ……。

男1　俺……？（男4に）あいつがそう言ってるんですか……？

男4　いやいや、私の聞いているのはそれらしいのがここにいるってことだけで……。

男3　それらしいって何だよ……。

女1　だから、あの人にもはっきりわからなかったんじゃない……？

男2　だから、お前（男1）だよ……。

男1　何故……？

男2　だってお前、さっきかみさんがそのあたりうろついてるって言ってたじゃないか……。

男1　言ったけども……、（やや自信無さそうに）違うんだから……。（立って下手を見る）もちろん、暫く会ってないよ。ないけども……。普通、元の女房がその辺りを通ったら、あって思いやしないかい……？

女1　思うわね……。

男3　いやいや……。

女1　思わないの……？

男3　思うけどね、ものすごく長い間会わないでいて……。

男2　いつだ、最後に会ったのは……？

男1　土曜日……。

女1　先週の……？

男1　うん……。

男3　忘れてる……。

男2　え？　だって女房だよ……。

男3　でも、いいか、日、月、火、水だろ……。四日ある……。

女1　あなた、四日で忘れるの、女房の顔を……。

男3　いやいや、この場合はね、思いがけないんだから、こんなとこで会うのは……。

男4　やめましょう。来ればわかるんですから……。

男2　来るのかい……？

男4　来ますよ。（指で）じいちゃんが、あわをふく、ばあちゃんは、のたれじにと行って、じいちゃんが、あわをふく、ばあちゃんは、のたれじにで帰ってくるんですから……。

男1　どうでもいいけど、何なんだそれは……？

男2　お前だってやってたじゃないか。だるまさんがころんだって……。何か、飲むものはないか……？

男1　あるけど、お前持ってないのか……？

男2　ああ、あるんだ……。（ポケットから出す）

男4　行かずに歩こう会です……。

男3　何だって……？

男4　知りませんか……、行かずに歩こう会って……。座らせてもらっていいですか……？

男3　いいよって言っても、俺のとこじゃないけど……。（男1に）いいですか……？

男1　いいよ……。（と、ポテトチップの包み紙をどけて、男2に）お前、全部食っちゃったのか……？

男2　全部って、これっぽっちだぜ、あったのは……。

男4　ナンキン豆なら、少し持ってますが……。（と、ポケットから）

女1　そういうもの持って歩いてるんですか、刑事さんていうのは……？

男4　いえ、ゆうべ張り込みをやったもんですからね……。

男1　行かずに歩こう会……？

男4　ええ。おとといこの先の葬儀屋が泥棒に入られまして、また来るかもしれないって言うんで……。来るわけないじゃないですか、盗るもんなんて何もないんですから……。

男3　何なんだい、その、行かずに歩こう会っていうのは……？

男4　歩くんです……。

女1　歩く……？

男4　ええ。ところが人間てのは、どこかへ行くためにしか歩けない。それじゃ残念だっていうんでその会では……ほら、昔からよくやるでしょう、だるまさんがころんだとか、ぼんさんが屁をこいたとか言って歩くんです。そうすれば、どこへ行くということもなく歩ける……。

男2　その……、よくわからないんだけどね、どこへ行くということもなく歩けるっていうのは、いいことかい……？

男4　いいことじゃないですか。だって、歩いててどこへ行くんだって聞かれても、いや、どこへも行かない、歩いてるだけだって言えるんですから……。

男2　歩いてるだけね……。

男3　（女1に）お前、入っているのかその会に……？

女1　入ってるわけないじゃない、そんな、わけのわからない……。

男1　俺も入ってないけどね、でも、歩く時はそうやるよ、だるまさんがころんだって……。（男2に）もちろん、もうそろそろ別のにしてもいいけど……。

男2　どこにあるんです、その会は……？

男4　わからないんです、我々も探してはいるんですがね……。動くんです……。

男3　動く……？

男4　ええ、ここだって聞いてそこへ行くと、確かに先月まではそこにあったけど今はもういない、とかね……。

女1　でも、いいですか、どうしてその会に入ってもいない私たちがそんなことするんです……？

男4　知りませんよ、そんなこと。私の方が聞きたいくらいです。でもね、ひとつ言えることは最近、どこへも行きたくないって人が増えてるせいじゃありませんか……？

女1　でも歩きたい……？

男4　そうです……。どこかへ行こうとすれば、そう思ったところにしか行けませんが、ただ歩いていれば、思いがけないところに行けるかもしれない……。

下手より、女2がやはり歩数を数えながら引返してくる。

女2　じ、い、ちゃ、ん、が、あ、わ、を、ふ、く、（と、一度は行き過ぎ、引返す）ば、あ、ちゃ、ん、は、の、た、れ、じ、に。

男2　（女2に）お前さんは入ってるのかい、あの歩く会……。

男1　行かずに歩こう会……。

女2　何です、それ……？

男3　入ってないよ。だからね、これは病気じゃないのかい……？

女1　病気……？（ナンキン豆をつまむ）

男3　お前、それ、最後の一粒だよ……。

女1　ごめんなさい……。（口から出す）

男4　いいんです、私は、もう……。

男3　だから、伝染るんだ、会に入ってる奴とつき合ったことがあるとか、そういうことでね……。

女1　（女2に）あなたは、誰に聞いたの……？

女2　何を……？

女1　だから、その……じいちゃんが、あわをふくって……。

女2　誰って……、誰に聞いたのかわかりませんけど、いつの間にかやってたんです……。もちろん何度もやめようと思いましたよ、面倒くさいですからね、歩く度にそんなことするのは……。でも、いつの間にかまたやってるんです……。口に出して言うまいとしても、心の中でやってるんです……。（男4に）いました……？

男4　え？　誰が……？

女2　私の身元引受人……？

男4　あ、そうですけどね……、（と、立上り）あなたが言って下さらなくちゃ……。あなたの身元引受人なんですから……。

女2　（男2に）あなた、私のこと知ってます……？

男2　いいえ、知りません……、と、思いますけど……。（男1を示して）この人じゃありませんか……？

女2　（男1に）あなた……？

男1　いやいや……。だから、あなたが私の女房だったか、という意味なら、どうもそうじゃないような……。

男3　どうもそうじゃないようなって、何を言ってるんだ。女房なら女房、そうじゃないならそうじゃないって……。

男1　俺、二度してるから……。

男3　二度してるったって、お前……。

女1　（女2に）あなたはどうなんです……？　この人の……今のじゃないとしても、元の奥さん……？

女2　私……（と男3を示して）どっちかって言うとあの人の方がそんな風に見えるんですけど……。

女1　この人……？

男1　（男3に）お前だ……。

男3　馬鹿なこと言うなよ……。

男2　あいつにはいるんだから……（と、女1を示して）この……。この人が……。

女1　でもね、この人にもいたんですよ、私とこういう風になる前……。

男3　だけど、それは見ればわかるんだから、この人……、じゃない……、と思うけどなぁ……。

女1　（女2に）あなたは、覚えてるのね……？

女2　（男3に）私たち、タロウって猫、飼ってませんでした……？

男3　飼ってないよ。だから、違うよ……。

女2　飼ってたって言うより、よくやってくる近所の野良猫で、あなたがタロウって名をつけて……。

男3　違うって……。第一、あれだからね……（と、女1に）俺が住んでたのはアパートの二階で……。

男4　いいです……。良人であるかどうかってことはともかく、誰かこの人の身元引受人になっ

て下さいませんか……？　微罪ですからね、誰かそういう人がいれば、私は署に帰れます
から……。

男2　何盗ったんです……？

男4　電球一個です、六十ワットのね……。

女2　私、本当は四十ワットのにしようと思ったんですよ、でも、なかったんです……。

男1　なきゃ、盗らなきゃいいじゃないか……。

女2　六十ワットの電球ゆるめにすれば四十ワットになるって、私、……そうよ、昔、うちの人
に……。（と、男2を見る）

男2　私じゃないですよ……。

男4　まぁ、いいじゃないですか、誰でもいいんですがね……。（と、始末書を出し）この始末
書のここんところに、名前書いてくれればいいんです……。

男2　だけど、私は本当に違うんですよ、タマなんて猫、飼ったことありませんし……。

女2　飼ってたんじゃないんです……。

女1　いいじゃないですか、名前書くだけなんですから……。（男4に）名前書いたってどうっ
てことないんでしょう……？

男4　何でもありません。もちろん、次にこの人が何かしたら、連絡が行くかもしれませんが
……。

男2　どこへ……？

男4　どこへって……。あなたの……。

男2　住所はないよ……。

男4　ない……？

男2　だから、住所のある奴じゃなきゃ駄目なんだよ、これは……。

男1　俺もないよ。住所なんか……。

男3　（男4に）だって、あんた、名前だけ書けばいいって言ったじゃないか……。

男4　言いましたけど、やっぱり万一の時、連絡出来るあれがないと……。

女1　ここにしといたらどう……？　（男4に）ここ、何番地……？　私たち、今、ここにいるんだし……。

男1　かまわないけど、俺はいなくなるよ。

女2　いなくなってもいいんですよ。その時ここにいたってことがわかれば……。

男3　その時って何だい……？

男1　（ビニールシートを示して）これも持ってくよ……。

女2　あら、どうして……？

男1　どうしてって、これは俺のもんだからね、これと、その棺桶……。

男4　棺桶……？

男3　これもお前さんのものかい……？

男4　それ、どうしたんです……？

男1　拾ったんだよ、そこの廃車置場んとこでね……。買うかい……？

男4　盗まれたんです。ゆうべ、じゃなくておとといの晩、この先の葬儀屋から、使い古しの棺

桶が一個……。（近づいて調べる）

男2　使い古しって何だい……？

男4　ですからね、近くの電気屋の親父さんが死んだってんであつらえたんですが、棺ん中へ入れたとたん生き返ったんですよ、（棺を見て）これだな……。

男1　どうしてわかるんだ、それだって……？

男4　いやいや、断定は出来ませんが、ここんとこにシミがついてます……。

女1　本当……。

女2　でも、言われなきゃわからないわよ……。

男4　電気屋の親父さんが吐いたんですよ。で、びっくりして抱き起したら、生きてたんです……。

男3　それが、あれかい……？

男4　と、思いますね……。

男1　いいよ。洗って何とかならなきゃ、かんなで削りとればいいんだから……。

男4　いやいや、一応盗品ですからね、これ……。押収して、あなたにも署まで同行していただくことになりますが……。

男1　（男2に）同行って、何だい……？

男2　一緒に行くんだ、この人と……？

女2　私は……？

男4　あなたはいいですよ、電球一個ですからね……。（男1に）それ持って、来て下さい……。

男1　こんなもん、持てないよ……。

男4　ですから、リアカーに乗せて……。

男1　リアカーは俺のもんだぜ……。

男4　いいじゃないですか、持てないんですから……。

男2　（ビニールシートを示して）これはどうする……？

男1　置いとくよ、すぐ帰ってくるから……。

男2　ただ、もしかしたらお前、今夜は留置所泊りだぜ……。

男1　冗談じゃないよ……。

女2　でも、留置所だったら、屋根があるわ……。

女1　屋根……？

女2　ええ、今夜雨が降りそうだし……。

男2　飯もつく……。（男4に）つくね……？

男4　つきます……。

男3　行こう……。

女1　だって、あなた、（男4に）私たちもいいんですか……？

男4　いやいや、この人（男1）だけですよ。それも、留置所に泊っていただくことになるかどうかはわからないんですから……。

男2　（男1に）お前ね、あれ拾ったんじゃなくて盗ったって言うんだ。それでイチコロだよ……。

男4　やめて下さい……。

女2　大丈夫よ、黙ってればいいの、何を聞かれても……黙秘権。それで留置所……。

男3　よし、それなら出来そうだ……。

女1　そうね……。

男4　駄目だって言ってますでしょう、あなた方は……。関係ないんですから……。

男3　でも、身元引受人だよ……。

男4　ただの参考人ですよ、この人はまだ今のところ……。

男3　参考人の身元引受人てないのかい……？

男1　ともかく、行ってみよう、みんなで……。何なら、これみんなでカッパラったんだって言えばいいんだから……。

女1　そうね……。

男4　馬鹿なこと言うのはよして下さい、嘘ついてそれが嘘だってことがわかったら偽証罪ですよ……。

男2　（ビニールシートをたたんで）何でもいいんだよ、俺たちはつかまえてもらおうとしてるんだから……。

女2　この人のことぶって、公務執行妨害でつかまることも出来るんですよ……。

男4　いいです。勝手にやって下さい、私は行きませんよ……。

男1　いいよ。行こう……。みんなで自首して来たって言えばいいんだから……。

男3　警察はどこだい……？

男4　知りません……。
女2　こっちよ……。

一行、下手へ一列になって……。

男4　あなた方、やめなさい……。相手にしてもらえませんよ、あなた方だけで言っても……。
女1　私たち、あなたに会って話したけど無視されたって言うわ……。

一行、下手に去る……。

男4　あなた方……。本当に、冗談じゃないよ……。（ゆっくり下手へ）

遠く、子供たちの《さくらさくら》の歌声が聞こえて……。

《暗転》

## 《二場》

電信柱が一本。ゴミ捨て用のポリバケツが一個。電信柱からポリバケツに立てた支柱に、斜めにロープが張られ、白いハンカチが一枚と、シャツが一枚、干してある。電信柱の下にゴザと、ゴザの上に茶碗が一個。ゴザの脇に靴が一足。

上手より、パラソルをさした女1を車椅子に乗せた男3が、歩数を数えながら現れる。

**男3**　か、あ、ちゃ、ん、に、に、げ、ら、れ、た……。（停る）どうした……？　とうちゃんが、くびつったは……？

**女1**　今、歩いてるのよ。歩いて、帰ってきた……。（立上って空を見上げ）夏かしら……？

**男3**　夏だよ……。でもね、歩く時には歩かなくちゃいけないよ。そうでないと、どこへも行けない……。

**女1**　歩いたって、どこへも行けてないじゃないの……。（ゴザを見て）これは、何……？

**男3**　誰かが休んでるんだよ、ここまで歩いてきてね……。

**女1**　お洗濯をして……？

**男3**　そう……。

女1　干して……？

男3　そう……。

女1　そして、どこへ行ったの……？

男3　トイレ……。

女1　トイレ……？

男3　か、買物……。あそこにコンビニがあった……。

女1　きっと、アイスクリームを買いに行ったのよ……。チョコレート……、じゃなくて、やっぱりバニラ……。

男3　水、飲むかい……？

女1　いらないわ……。（ゴザに上って、座る）あなたも、座らせてもらったら……？

男3　うん……。（ゴザに近付いて気付き）でも靴がある……。

女1　本当……。

男3　裸足で行くかい、コンビニ……？

女1　靴ずれがするのよ、これ……。だから、靴を買いに……。

男3　でも、靴買うまでこれ履いて行くよ、普通……。

女1　（立って）じゃ、どうしたの……？

男3　まさか……。（電信柱を見上げる）

女1　何……？

男3　いや、木に登る時には靴脱ぐからね……。

女1　いいじゃない、帰ってくればわかるわよ……。（座る）

男3　そうだね……。（ゴザに上って座る）ここかい……？

女1　何が……？

男3　俺たちが来たかったところ……。

女1　まさか……。

男3　何故……？

女1　だって、ちっともそんな風な気がしないわ……。海もないし……。

男3　海か……。何か食べるかい……？

女1　いらないわ……。山もないし……。

男3　山ね……。

女1　その向うにもくもくとまっ白い入道雲が立ち上っていて……、もし夏なら……。

男3　夏だよ……。

女1　どこかのラジオが高校野球の放送をしている……。カーンて音がして、あ、打ちましたホームラン……。

上手より男2が、看板を背負って、歩数を数えながら現れる。

男2　ぼ、ん、さ、ん、が、へ、を、こ、い、た……。（停り）ぼ、ん、さ、……。（と行き過ぎようと）

男3　いいよ、そこで……。どうせ引き返してくるんだろう……？

男2　そうだけどね、やることをやっとかないと、思いがけない感じがしないよ……。

女1　思いがけなくない……？

男2　何が……？

女1　ここ……。

男2　ここは思いがけなくないけど、お前さんたちがいたのは思いがけなかったよ……。

男3　誰がいると思ったんだ……？

男2　誰って……、この前そこで会った女の人でね、ここかどうかよくわからないけど、どこかこのあたりで死のうって話になって……。

女1　死ぬって、その人と二人で……？

男2　いや、俺はまだ今は死ななくてもいいと思ってるんだけども、その人に死ぬから見てくれって言われたんだ……。

男3　そいつは、女かい……？

男2　だと思ったけどなぁ……。

男3　(女1に) これは、男の靴だろ……？

女1　だと思うわ……。

男3　じゃ、ここじゃないよ……。ここにいたのは男だから……。

男2　ここは、そいつのあれかい……？

女1　私たちが来たら、こうなってたのよ。その人、こういうもの持ってた……？

男2　どうだったかな……。ちょっと、このあたりに座らせてもらってもいいかな……？

男3　いいよ、って言っても、（靴を示して）こいつの場所だけど……。

女1　何、その看板……？

男3　それ背負ってると、いくらかになるんだ……。

男2　いや、ならない。クビになってね……。

男3　なら捨てちまえよ、そんなもの……。

男2　そうなんだけど、長いことやってたからな、脱ぐと、どうしていいかわからなくなるんだ……。（座る）

女1　どうしていいかわからなくなる……？

男2　何となくね、パンツはいてないみたいな気持になるんだ……。水あるかい……？

男3　あるよ……。（と、立ち）でも、お前持ってないのか……？

男2　ああ、持ってたんだ……。（出す）

男3　（女1に）そういう奴がいるんだよ。（と座って）煙草ないかって言われて、出そうとしてお前持ってないのかって聞くと、あ、持ってたって……。

女1　お水……。

男3　だから、持ってるんだから自分のを……。

女1　私よ……。

男3　本当に……、（再び立上って）俺を何だと思ってるんだ……。

女1　何……？

男3　何が……？

女1　あなたよ……。

男3　良人じゃないか、お前の……。

女1　（男2に）良人なのよ。でもね、この人にはいるの、元の奥さんが……。

男3　おい、水……。

女1　ありがと……。もちろん、私にもいるのよ、元の主人が……。

男2　私じゃないでしょう……？

女1　何が……？

男2　その、元の主人ていうのは……？

女1　違うわよ……。あなた、わからないの、こうしてて……？

男2　いや、わかってるけど、そう言われるんじゃないかと思って……。

男3　何言ってんだ、お前は……。

女1　そうじゃないけど、この人と二人でこうしてて、この人が何か言って私が答えたりした時、あ、この人、私のことを元の奥さんだと思って話してるんじゃないかしらって……。（飲む）

男3　馬鹿なこと言うなよ……。

女1　それはね、私もそうだからなの……。この人と話してて、時々ふっと、あ、私、元の主人と思って話してるわって……。

男3　おいおい……。

女1　（男3に水を差し出し）あなたも飲む……？

男3　うん……。（と、受取り）よしてくれよ、冗談じゃない……。

女1　何が……？

男3　俺のことを元の亭主だと思うのはさ、俺は俺なんだから……。（ペットボトルの水を、置いてあった茶碗に入れる）

女1　あなた、何するの……？

男3　飲むんだよ……。

女1　それ、ここにあったお茶碗よ……。

男3　わかってるけどね……。

女1　誰が口つけたかわからないじゃない……。

男3　そうだけど……。

女1　よしなさいよ。汚いじゃないの……。

男2　今のがそうかい……？

女1　何、今のって……？

男2　だから、元の主人のつもりで話していたのかなって……。

女1　今……？

男3　お前……。

女1　違うわよ……。と、思うけど……。だって、あなたでしょう、今、これにお水を入れたのは……？

男3　俺だけどね。そんなことはわかりきってるけど、お前は、元の亭主だと思って言ったんじゃないかって言うんだ、こいつは……。

女1　でも、あなたに言ったじゃない、私、面と向って……。

男3　そうだけども……。面と向って言っててそうなんだろ、お前は……。元の亭主のつもりで言ってることがあるって……。

女1　じゃないと思うけど……。（男2に）あなた、どうしてそう思ったの……？

男2　何を……？

女1　だから、元の主人に言ってるように聞こえたんでしょ、私の……。

男3　何か違ってたんだ、言い方が……？

男2　そうじゃなくて、今、聞いたからね、時々元の亭主の……じゃなくて主人のつもりで話すって……。

上手より男1が、棺桶を乗せたリアカーを引いて、歩数を数えながら現れる。

男1　じ、い、ちゃ、ん、が、あ、わ、ふ、い、た、ば、あ、ちゃ、ん、は、の、た、れ、じ、に……。（そのまま下手へ）

女1　何……？

男3　何が……？

女1　今の、あの人……。

男3　が、どうしたって……？

男2　どこかで会ってるね……。

女1　あれよ、あの時……。
男3　あの時って……。その時、俺はいたかい……？
女1　いたんじゃないかしら……。だって、ほら、棺桶を持ってた……。
男2　ああ……。
女1　ね……。（男2に）そう言えば、あなたもいたんじゃない、あそこに……？
男3　そうか、あの時の棺桶ドロボー……。
男2　じゃなくて、葬儀屋が被害届けを出さなくてね……。
女1　そうよ。だから今も持ってた……。
男3　でも、行っちまったよ……。
男2　え……？
女1　何……？
男2　じゃあ、俺もその時会ってるんだ、お前さんたちと……。
男3　会ってるよ、看板のこと覚えてるからな……。
女1　私は今まで気がつかなかったけど……。
男2　そうか、あの時のね……。（と、改めて二人を見る）
女1　でも、あの人もここ通る時、私たちを見たのよ……。気がつかなかったのかしら……？
男3　だからね、見て、暫く考えて、それから気がつくんだ……。ああって……。気がつく場合はだよ……。
男2　気がつかないよ。数えて歩いていたからね……。

男3　（女1に）追いかけてって、言ってやるかい……？

女1　何て……？

男3　あの時の、あの人じゃないかいって……？

女1　いいわよ。何か食べない……？

男2　でもね、今思い出したんだけど、あいつは、だるまさんがころんだ、だったんだよ……。

女1　それが、何……？

男2　今は、じいちゃんが、あわふいたって言ってた。ばあちゃんは、のたれじにって……。

男3　言ってたね……。

女1　それはね、あの人が言ってたあれよ、あの……。

男2　身元引受人……。

男3　じゃなくて、俺を身元引受人にしようとしてた万引き……。

下手より、ショッピングバッグを持った女2が現れる……。

女2　何……？

男2　何が……？

女2　じゃないけど、みんな私の方を見てるから……。

女1　今、あれじゃなかった……？　棺桶を引いた男の人が……。

女2　そうよ。その中にいたの、私……。

男3　その中って……？

女2　棺桶の中よ。私はいやだって言ったんだけど、どうしてもって言うから……。（荷物を）これ、ここに置かしてもらっていいかしら……？

男3　どうぞ……、って言っても、俺たちのあれじゃないけど……。

女2　あの人……。このあの人っていうのは今の、リアカーを引いた男の人のことだけど、どうしても中に何か入れたいって言うの……。

男2　中に何か……？

女1　だから、棺桶の中によ。（女2に）そうでしょ……？

女2　そう。だとすれば私が入るしかないじゃないの。だって、あの人が入れば……私、最初はそう言ってみたのよ、そうすれば確かに中に何か入るけど、あの人も中ですからね、何か入ってるかどうか見るわけにいかないって言うの。それに、本当はあの人、自分の奥さんを中に入れて、ああ入ってるなって思いながら、リアカー引っぱってみたかったらしいから……。

女1　あなた、あの人の奥さん……？

女2　違うわよ。って、私は思ってるんだけど、もしかしたらあの人の方は、私のことをそう思ってるかもしれないわ……。だって、お前って言うのよ、時々、私のことを……。お水、ないかしら……？

男3　ありますよ……。

女2　お棺の中に入ったとたんに……。

男3　（水を出しながら）でも、あなた持ってないんですか……？
女2　持ってません……。
男3　（女1に）そういうのもいるんだ。煙草ないかって言われて、出そうとしてお前さん持ってないのかって聞くと、持ってないって……。（女1に見返されて）いいけどね……。
女2　お水よ。私、ないかしらって言ったのは……。
男3　だから、これ、水……。
女2　ありがと……。（ポケットから、しわくちゃの紙コップを出して）
男2　あいつはどうしたんです、そのリアカーを引いた……。
女2　様子、見てるわよ……。
男2　様子……？
女2　ここ通った時に、あなた方に見られたっていうのよ……。だから、知ってる人かどうか見てきてくれって……。（水を飲んで）私、ポテト・フライ持ってんだけど、食べる……？
男3　いいね……。（女1に）ポテト・フライだ……。
女2　毎朝、あそこのハンバーガー屋の裏に捨ててあるの……。（古新聞に包んだものを出す）ちょっと、ひからびてるけど……。
男2　あいつのところには、行かなくてもいいのかい……？
女2　何しに……？
女1　だって、知ってる人かどうか見てきてくれって言われたんでしょ……。
女2　そうだけど、私が行かずにこうしてれば、ああ知らないもの同士なんだなと思って……。

男3　知ってるんだよ……。

女2　知ってる……？　あの人を……？

男2　あなたもね……。

女2　私も……？　いやだ、この前床屋のガラスに石ぶっつけてお巡りにつかまった時でしょ……？

女1　そうじゃなくて……。

下手より、男1、現れる。リアカーを押している。

男1　（女2に）何やってんだ……？

男2　そうじゃなくて、この人はね、俺たちがお前さんを知ってるってことを知らなかったんだ……。

女2　（男1に）あれよ、あなた、あなたがそのリアカー盗まれそうになって、地まわりのやくざとやり合った時……。

男3　じゃなくて、もっと前……。（女1に）前だろ……？

女1　前よ。お花見の時だったから、春……。

男1　春……？

女1　ほら、覚えてない……。桜が満開で、私たちお花見をしていて、そこへあなたがその棺桶を持ってやってきたの……。

男3　(男2に) そうだったかい……?

男2　じゃなかったような気もするけど……。

男1　(男2に) お前だ……。

男2　何だい……?

男1　思い出したよ、その看板ぶら下げてね、電球かっぱらったって刑事引っぱってきて、俺に身元引受人になってくれって言うんだ……。

男3　いやいや、(と、女2に) それはあんたじゃなかったかな、四十ワットの電球がなかったんで六十ワットにしたって……。

女2　それはこの人 (男1) の奥さん……。って、私、聞いたわよ、この人に……。そういうことがあって、身元引受人になって、それで一緒になることにしたって……。

男1　誰と……?

女2　誰とって、何言ってるの、あなた……。その人がいなくなったんで、代りに私に棺桶に入ってくれって言ったじゃないの……。

男2　じゃ、何かい、あの時のあの女の人はお前さんじゃないのかい……?

女2　どの時……?

女1　まぁ、いいじゃないの、誰がいたっていなくたって……。ともかく……、(と、棺桶に近づいて) これよ、これがあの時あったのは確かですからね……。(ふたを開けてみて) まだ、あの時のまんま……?

男1　でも、どうしてあの時あそこにいたもんが、今ここにいるんだ……?

男3　知らんけどね、全部なんだから……。いや、この人（女2）が違うとしても……。

男2　俺は、どうもね、この人だったような気がするけど……。

女2　あなたは……？

男2　うん……。

女2　（女1に）ねえ、あなたはどう思う……？

女1　何が……？

女2　その時、私がここにいたかどうかよ……。と言うのはね……、私も、どこかで、会ったことがあるような気がするのよ……。

男3　その時だよ……。四十ワットの電球がなかったから六十ワットにしたのか、六十ワットがなかったから四十ワットにしたのか、どっちか忘れたけど……。

女1　（棺桶をのぞきながら）ねえ、このシミ……。

男1　そうだよ。それがそこについてるんでね……。洗っても落ちないんだ……。

女1　電気屋の親父さんが吐いたのよね。それで生き返った……。

男1　そう……。お前さんだ……。（女2に）間違いないよ、あの時の……。

女2　その電気屋っていうのは、私が四十ワットの電球盗んだ電気屋……？

男3　じゃなくて、あんたはコンビニで盗んだんだ……、って、その時聞いたけど……。

男2　でも、あんた、盗んだのは覚えてるんだ……？

女2　そうかもしれないけど……、（男1に）あなた……。

男1　何だい……？

女2　あなた、私に話さなかった……？　あなたの元の奥さんが、じゃなくて、今でも奥さんかしら……？　ともかくそのことで一緒になった人が、電球盗んだって……？

男1　俺の元の奥さんが、電球盗んだ……？

女1　やめましょう、もうその話は……。私、これに入ってみていいかしら……？

男2　棺桶の中に……？

女1　そう、どんな気分かしらと思って……。

男3　よした方がいいんじゃないか……？　この人のもんだし……。

男1　かまわないけどね、ただ死んだつもりになって入ってもらわないと、引っぱってても、そんな気にならないんだ……。

女2　あなた、私のことも死んだと思って引っぱってたの……？

男1　いや、こっちがどう思うかってことより、入ってる方がね……。

女1　何か、ふくものない……？

女2　きれいよ。私が入ってたんだから、今まで……。

女1　そうね……。（入る）

男3　どうだい……？

女1　悪くない気持よ……。空が見える……。

男2　でも、入る時は死んでるんだからね……。

女2　それに、ふたをかぶせるし……。

男1　引っぱろうか……？

女1　そうしてちょうだい……。

男1　ふた……。

　　女2、ふたをかぶせる。

男1　行くよ……。か、あ、ちゃ、ん、に、に、げ、ら、れ、た……。と、う、ちゃ、ん、が、く、び、つ、っ、た……。

　　下手に消える。

男2　（女2に）話は違いますが、何日か前、あなたこの辺で私に、死ぬから見ててくれって言いませんでした……？

女2　言ったかもしれないわ……。私、言い寄ってくる男には、たいていそう言ってるから……。お水、まだ、あるかしら……？

男3　あるよ……。（男2に）お前、言い寄ったのか……？

男2　馬鹿なこと言うなよ、この格好でそんなことすると思うか……。

女2　そりゃそうね……。

男2　ポテトのほかに、何か食べるものはないのかい……？

女2　あるわよ……。何かわからないけど、食べものらしいってものが……。（出す）

男3　何かわからないけど食べものらしい……？

女2　そう……。最初ちょっとなめてみてね、大丈夫そうだったら食べる……。

男2　（男3に）あれがこの人じゃないとすればね……。

男3　何が……？

男2　だから、俺んとこに来て、死ぬから見ててくれって言ったのがこの人じゃないとすれば、
　　お前の、あれだよ……。

男3　俺の……？

男2　うん、今、棺桶に入って行った……。

男3　あいつが……？

男2　じゃないかと思うんだ……。

男3　死ぬから見ててくれって……？

男2　そういうような意味のことをね……。

女2　あなた、言い寄ったんじゃないの……？

男2　違うって言ってるじゃないか……。

男3　何故……？

男2　何故って……。

男3　でも、お前、今までここに一緒にいて、どうして言わなかったんだ、そのこと……。

男2　だって、どう言えばいいんだ……？

男3　だから、いつかそういうことを言ったのは、お前さんかいって……。

男２　あの人が何か言ってくれればね……。そうすれば俺だって、何とか言えたかもしれないけど……。

女２　行った方がいいんじゃないの……？

男３　どこへ……？

女２　棺桶よ。あの人、どこまで連れてっちゃうかわからないわよ……。

男３　でも……、（と、行きかけて引返し）でもだよ、あいつんとこ行って、何て言えばいいんだ……。

男２　だから……お前のかみさんなんだろ、死にたいのかって……。俺に、死ぬから見ててくれって言ったのかって……。

男３　そうすると、どう言うんだ、あいつは……。

男２　知るか、そんなこと……。

女２　早く……。

男２　大丈夫だ……。歩数、数えてた……。

男３　（ゴザへ引返して）何だって……？

女２　何が……？

男３　ちょっとなめてみて、大丈夫だったら食べる……？

女２　そう……。舌にピリッときたのは駄目よ……。やめた方がいい……。あの、シャツ、何……？

男３　ここにいた……（靴を示して）こいつのでね……。

女2　（立って近づき）あの人も、こんなの持ってたけど……。
男2　あの人って……？
女2　あの……、リアカーの……。
男2　あいつ……？　あいつのは、だって、ビニールシートじゃなかったか……？
男3　か、どうか覚えてないけど、リアカーには乗ってなかったな……。（女2に）この靴は……？

女2　靴……？　あの人履いてなかった……？
男2　履いてたけど、ゴム草履みたいのだったなあ……。
男3　あいつのか、ここは……。（立つ）
男2　ちょっと、行ってみてくる……。
男3　どこへ……？
男2　だから、あいつんとこへ行って、ここがあいつのあれしたとこかどうか、聞いてみる……。
男3　来るよ。かあちゃんに、にげられたって言って……。おい、あいつ、かあちゃんに、にげられたって言ってなかったか……？
女2　言ってたわね……。私と一緒に歩いてた時は、じいちゃんがあわふいたって言ってたけど……。
男2　行ってくる……。
男3　待てって……。

男2、下手に去る。男3と女2、ゴザの上に、関係なさそうに座っている。

男3　夏だよ……。

女2　そうね……。

男3　何となく、違うところにいるような気がしないかい……？

女2　いつもよ。私はいつも、そうじゃないところにいるって気がしてる……。

男3　どこかへ、行くかい……？

女2　私と……？

男3　だって、誰もいないんだから……。

女2　あの人は、棺桶の中の……。

男3　行っちゃったよ……。

女2　いいけど……。

白衣の男4、上手より現れる。

男4　（手帳を出して見せ）保健所のものです……。

男3　（女2に）何かやったのか……？

女2　何かって……？

男4　違うんです……。ここですがね、ここはあなた方のあれですか……？

男3　違うよ……。（立って、女2を示し）この人の元の……。じゃないか……。

男4　さっき、病院に担ぎこまれましてね、行き倒れです……。ここにこうしたものを残してあると言うんで……。いいですか……？

男3　いいよ。（車椅子をどけて）これは俺のだけど……。

女2　これは、私の……。（と、ゴザの上のものをショッピングバッグに）

男4　（荷物をまとめながら）やっぱり、歩数を数えながら歩く人でしてね……。どうしてそういう人は、同じところへ行こうとするんですかね……。

男3　知らんよ、そんなこと……。（女2に）行こうか……。

女2　ええ……。

男3　じ、い……（と歩数を数えようとして）やめよう……。

下手に、消える。

男4　やめてませんよ……。それに、そっちですからね、みんな、流れてゆくのは……。

夏の童謡の、何かがかすかに流れて……。

《暗転》

## 《三場》

下手に電信柱が一本。汚れた万国旗のロープが、たれ下っている。上手より男2が、歩数を数えながら、しかし口に出しては何も言わずに現れる。電信柱の下に持ってきた古新聞を広げて敷き、その上に肩から吊してきたダンボールの箱を開いて乗せ、その中にしゃがみこむ。煙草に火をつけたと見え、中から煙が出てくる。

同じく上手より女2が、これも口に出しては言わずに歩数を数えながら現れ、ダンボールに気付き、中をのぞく。

女2　あなた、何をしてるの……？

男2　うんこ……。

女2　あら、いやだ……。（と、逃げ）あそこにお便所あるのに……。

男2　汚いよ……。

女2　そうだけど……。（と、煙草を出し）火貸してくれる……？

男2　いいよ……。（煙草をはさんだ手が出てくる）野グソって言ってね、野原の真ん中で一度、やってみたいと思ってたんだ……。

女2　(火をもらって吸いつけ)野原なんかじゃないじゃない、ここ……。(返す)

男2　でもね、ちょっとこうやると(と、ダンボールを持ち上げて見せ)尻の下を秋風が吹き抜けてゆく……。

女2　秋風……? (電信柱を見上げて)秋なの、今は……?

男2　秋だよ。昨日からさ。朝、顔を洗う時に気がつくんだ、あ、秋だなって……。お前さんもやってみるかい……?

女2　何を……?

男2　野グソ……。

女2　結構よ、今はね……。私、ここんとこ何も食べてないから、出るものがないの……。

男2　そうか、そのせいか……。

女2　何が……?

男2　俺もね、さっきからこうしてるんだけど、ちっとも出てこないんだ……。入れるものを入れてないせいだよ。いつもは、しゃがんで煙草を一服すると出てきたんだから……。

女2　食べてないの……?

男2　そう言われてみればね……。

女2　でも、したくなったんでそこにしゃがんだんでしょう……?

男2　野グソをね……。

女2　だったら、中に何かあるはずよ。何もなかったらしたくなるわけないもの……。

男2　いや、やめよう……。(立上る)うんこしたかったわけじゃないんだ。(ズボンをはきながら）今日はどこかで野グソをしてみようかなって考えてここまで来て、あ、ここだって思って、うんこしたくないのにしゃがんだんだから……。

女2　食べるもの、持ってないの……？

男2　持ってるよ。たいしたもんじゃないけど……。（出そうと）

女2　じゃ、食べれば……？

男2　いいけど、それがうんこになるまでには時間がかかるんじゃないかな……。お前さん、食べるかい……？

女2　私も持ってるの、ハンバーガー……。少しつぶれちゃってるけど……。（出そうとする）

男2　どうして食べないんだい……？

女2　（出すのをやめ）面倒臭いのよ……。暫く食べてないから、そろそろ食べなくちゃいけないって思いながら、何となく食べる気にならないの……。

男2　まぁ、いいさ……。飢え死にしそうになったら食べるよ……。（どいて新聞紙を示し）座るかい……？

女2　だって、汚くない……？

男2　まだしてないんだから……。

女2　私、持ってるのよ……。（と、ビニールシートを出す。新聞紙をどけてそれを敷き）どうぞ……。

男2　お前さんだ……。

女2　何……？

男2　お前さんだよ。悪いね、俺はこっちへ来ちゃいけなかったんだ……。（下手へ）
女2　待って……。何なの、一体……？
男2　また会っちゃったんだよ、そうならないようにしていたのに……。
女2　会った……？
男2　うん、どうもそうじゃないかって気がしたんだ……。（上手を見て）しかも俺たちだけじゃなさそうだよ……。ほら、あいつも……。

上手より男1が、棺桶を乗せたリアカーを引いて、口に出してはいないものの歩数を数えながら現れる。

男1　見るなよ、俺を……。
男2　でも、見ちゃったよ。（女2を示し）あの人もね……。
男1　（やむなく足を止め）あそこで曲る予定だったんだ……。
男2　（女2に）曲れないんだよ、そういう時に限ってね……。
女2　あなたなの……。
男1　俺だよ。お前さんの言っているあなたっていうのが誰のことを言ってるかわからないけど……。
男2　（棺を示して）こいつはあいつか……？
男1　いないんだ……。

男2　いない……？（ふたをあけてみる）

男1　いつだったかな、どうもいないような気がしてふたをあけてみたら、やっぱりいなかった……。血の跡があるだろう……？

男2　血の跡……？

男1　あいつのだ……。

女2　逃げたのよ……。（湯のみを出し、湯をそそぎ、ホウサンを溶かし、ガーゼをひたして目を洗いはじめる）血を吐いて……。

男1　ちょっと休ませてもらうよ……。

女2　どうぞ……。もともとはこの人（男2）の場所だけど……。

男2　行かないのか……？

男1　どこへ……？

男2　どこかへさ……。そうじゃないと、またみんな寄ってきそうな気がしないか……？

男1　（女2に）何だい……？

女2　眼よ……。時々こうしてホウサンで洗ってないと、今につぶれてしまうって言われたの……。

男1　誰に……？

女2　眼医者によ……。

男1　そうか……、いや俺はまた、俺が言ったのかと思ってね……。もちろん、そんなはずはないけど……。

男2　じゃ、俺は行くよ……。

男1　よせ……。

男2　何故……？

男1　来た……。

上手より、男3がリュックを背負い、松葉杖をついて現れる。口には出さずに、歩数を数えている。

男3　（立止って）じゃないかと思ったよ……。

男1　そこの角で、曲がろうと思ったんだろ……？

男3　うん、曲ろうと思った……。

男1　どうして曲らなかったんだ……？

男3　曲ると会うと思ってね……。

男1　（男2に）そうなんだよ、みんなね、そう思って来ちゃうんだ……。

女2　足はどうしたの……？

男3　階段で押されたんだ……。昔、タマって猫を飼っててね、そこら中にゲロをするもんで、毒を飲まして殺したから……。

男2　それで押されたのか……？

男3　じゃないかと思うんだよ、元の女房にね……。座らせてもらっていいか……？

男1　いいよ……、って言っても、（女2に）誰の場所だって……？

女２　この人（男２）の……。もともとはね。この人のお便所……。

男３　便所……？

男２　でも、しなかったんだから……。

上手より女１が首に包帯をし、ショッピングカートを押して、口には出さずに歩数を数えながら現れ、そのまま下手に消える。

男２　やめられないのかな、あれは……？

女２　あれって……？

男２　かあちゃんににげられた……。

男１　いや、今のは、じいちゃんがあわふいた……。

男２　どうしてわかる……？

男１　わかるんだ……。

男３　行っちゃったのか……？

女２　行っちゃったのよ、秋風に吹かれて……。

男３　いいね。俺もそういうことを考えたことがあるよ。お前さんたちがどこかにへたばっているだろ、その目の前を俺が、気がつかないふりをして、通りすぎて行くんだ、秋風に吹かれて……。

男２　でも、お前、立止ったじゃないか……。

男3　今はね……。今は立止ってしまったけど、いつかはさ……。いつか俺はお前たちには見向きもせずに……。

男1　来たよ……。

女1、下手より現れる。

女1　どうして……？

男2　俺たちも今そう考えていたんだよ、どうしてって……。どうして会っちゃうんだろうって……。

男3　よけようとするからさ……。よけようとするから会う……。

女2　私は別に、よけようとはしなかったわ……。

男2　俺もね……。

男1　それじゃ、よけようとしなかったからだ……。

女1　どうにかしなくちゃいけないわ……。

男1　どうにかって……？

女1　会わないようにするのよ。それじゃなくちゃ、私たち今に殺されちゃうわよ……。

男2　殺されちゃう……？

女1　ええ……。

男1　誰に……？

女1　みんなに……。

男3　みんなって、このみんなかい……？

女1　そう……。

女2　誰が殺されるの……？

女1　みんなよ……。

男2　このみんなが、このみんなに殺されるのかい……？

女1　そう……。私、この前、ここ（首）刺されたわ……。その中（棺）に寝てて……。

女2　この中の誰かに……？

女1　わからないけど……。私、元の主人を、階段から突き落そうとしたことがあるから……。
きっと、それで……。

女2　（男3を示して）この人……？

女1　じゃなくて、元の主人……。

男3　俺も……。階段から落されたんだけどね……。この前……。

女1　私のあれは、もう何年も前……。

男1　そう言えば俺も、この前、変なものを食ってね……。いや、俺が自分で拾って食ったのかもしれないけど、ひっくり返って病院にかつぎこまれて……、死ぬところだった……。

女1　誰のせいだと思った……？

男1　そうなんだよ、その時誰のせいだってことじゃなく、お前さんたちのことを考えたよ……。

男3　俺たちがそれをお前に食わしたって……？

男1　いや、そういうことじゃなく……。

女1　（女2に）あなたは……？

女2　私は別に……。でも、そうね、私、毎日眼をホウサンで洗うように言われて、やっているんだけど、時々それが、ホウサンじゃないような気がすることがあるわ……。眼にピリッとくるの……。

男1　俺の元の女房も結膜炎でね、俺がホウサンで目を洗うよう、すすめたことがある……。関係ないけど……。

男3　（男2に）お前は……？

男2　俺……？

男3　うん、何があった……？

男2　俺は……。何もなかったなぁ……。

女1　じゃ、この人よ……。

男3　何が……？

女1　だから、この人がこういう色々なことをやったとは思えないけど、この人と一緒にいると、こうなるのよ、私たち……。

男2　だけど……。

男1　行け、どこかへ……。

男2　いいけど、どこへ……？

男3　どこかね、俺たちの行かないところへ……。そうだよ、俺も今気がついた。歩いてるとね、どうもこいつに会うんじゃないかって気がするんだ……。あの、何とかって名前の薬の看板しょって……。

男2　もうやってないよ、あれは……。

男3　やってなくても、目にちらつくんだよ、あれが……。それで、よけようとすると、逆にそこにいたりする……。（男1に）何だっけ、あの薬の名……？

男1　忘れた……。

男3　（男2に）何だ……？

男2　何とか……、ブレ……、忘れた……。

男3　思い出せ……。

男2　何故……？

男3　お前が思い出して、こうだって言わなくちゃ、忘れられないじゃないか……。

男2　どこかへ行っちまえばいいんだろう……？　もうお前たちとは、会わないようにすれば……。（荷をまとめる）

女1　でもね、そうよ、あの薬の名前が思い出せないと、そのことであなたのこと、思い出してしまいそうだわ……。

上手より、巡礼姿の男4が現れる。

男4　西はどっちですか……？

男3　ニシって何だい……？

女2　馬鹿ね、東西南北の……、え……？　(女1に) ザイ……。

女1　そう、ザイ。(男4に) だから西……。

男1　それがどっちですかって聞いてるんだよ、この人は……？

女1　ああ、どっちかね……。(男3に) どっち……？

男3　西が……？　(男2に) どっちだ……？

男2　西ね。あれだよ、犬が西向きゃ、尾は東って言うんだ……。

男3　何だって……？

女2　犬が西向きゃ、尾は東よ……。

女1　つまりね、犬が西を向いてると、尾は東だから、東は西の反対だとすると、犬の向いてる方が西よ……。

男3　いないじゃないか、犬なんて、どこにも……。

男2　でも、犬だからね、あんなものはどこにでもいるもんなんだから……。

男1　犬が東向いてたらどうするんだ……。

女2　その場合は、尾は西なんだから尻尾の方じゃないの、馬鹿ね……、って思わず言っちゃったけど、もしかしたら私、あなたのつもりじゃなく言ったのよ……。

男4　つまり……。

男3　つまりね、そのあたり歩いてたら犬がいるから、その犬が東向いてたら尻尾の方へ、西向いてたら頭の方へ行けばいいんだ……。

男4　わかりました……。ありがとうございます……。

男1　西へ行くのかい……?

男4　ええ……。

女1　何しに……?

男4　巡礼です……。家を出た親父が、(上手)この先の街で死にましてね、行き倒れですよ。それで、菩提をとむらうために……。お世話になりました……。

男2　親父さん、何で家を出たんだい……?

男4　その前に、お袋が家を出まして、それを探しに……。(下手へ)失礼します……。

　　男4、下手に消える。やや、間……。

女2　あそこよ……。

女1　どこ……?

女2　誰も知らないかもしれないけど、私、そこを見たのよ……。もちろん、もうその人は倒れて、病院にかつぎこまれた後だったけど、ゴザが敷いてあって、お茶碗がひとつ置いてあって、シャツとハンカチが干してあったわ……。

男3　ああ、あそこか……?

男1　そいつはそこで死んだのか……?

女1　あそこね……。あなたたちの言ってるそこと同じかどうかわからないけど、確か私もそこにいて、そこで誰かが死んだような気がしたのを覚えている……。だってね、誰かがそのお茶碗で水を飲もうとして……。

女2　でも、私……。

男2　何だい……?

女2　その干してあったシャツに、見覚えがあるような気がしたのよ……。

男3　あれじゃないかな、もしかしたらそいつも、俺たちみたいにこうして歩いてて、どこかで会ったりしてたんだ……。

男2　俺たちも、そうなろうとしてるのかもしれないしな……。

男3　そうなろうって……?

男2　行き倒れさ……。

男3　お前、死にたいのか……?

男2　いや……。

女1　殺されたいんでしょ……?

男2　そうでもない……。

男1　お前たち、死刑を執行するためのボタンが三つあるって話を知ってるか……?　死刑執行人も三人いて、その三人が同時にそのボタンを押すんだ。ボタンのひとつが、死刑囚の立っているハメ板をはずすんだが、そのボタンを誰が押したのかは、誰にもわからない……。

男3　それで……?

男1　冗談じゃないよって思ったよ、俺はその話を聞いた時……。そりゃ死刑執行人はいいよ、どのボタンを押したとしても、俺が殺したんじゃないって思えるからね。でも、殺された方はどうなんだ。誰に殺されたって思えばいいんだ……？

女２　あなたが何故、今そんな話をするのかわからないわ……。

男１　俺にもわからないんだけどね、その行き倒れさ……。そいつももしかしたら、誰に殺されたんだってことがわかんなくてね、それをみんなに気付かせるために行き倒れになってみせたのかなって……。

男２　ただ、食うものがなかっただけかもしれないじゃないか……。

男３　体の具合が悪かったとかね……。

男１　だとしてもさ……。まあ、いい……。（男２に）お前が行かないんなら、俺が行くぞ……。（リアカーを引いて下手へ）でも少くとも俺は、誰が殺したかわかんないことをみんなに気付かせるために、死ねそうな気がするよ……。

男３　歩数を数えるな……。

男１　何だって……？

男３　歩数を数えるのはよせって言ってるんだよ……。

男１　ああ、そうか……。

男1、リアカーを引いて下手へ。

男２　死ぬよ、あいつ……。

女1　（立上って）でも、私、あの人の言うこと、よくわかるわ……。きっと重要なのは、それが誰かわからないってことじゃなくて、にもかかわらず殺そうとしているってことよ……。だから、もしあの人が死ぬとしても、誰が殺そうとしているかわかんないってことを言うためじゃなく、わからないけど殺そうとしているってことを言うためじゃないかしら……？　もちろん、私、そんなことにおつきあいしたくないから、こっちへ行くけど……。（振り返って）ね、ほら、歩数なんか数えてないでしょう……？

女1、上手に消える。

男2　歩数を数えないで、どうやって歩けるんだ……？

男3　西へ行くんだよ。西へ行こうとすればいいんだ……。

女2　でも、あの人はこっちへ行ったし、今の人はあっちへ行ったわよ……。

男3　いいんだ。それぞれ、そっちが西だと思ってるんだから……。

下手より、男4、現れる。

男4　すみません……。

男2　何だい……？

男4　犬を見つけたんですが……、その犬がどっちを向いているかは、どうやってわかるんですか……？

男2　尻尾を見るんだよ。尻尾が東を向いてれば、犬は西を向いてるんだ……。

男4　でも、尻尾が北を向いてたら……？

男2　尻尾が北を向いてたら、犬は南を向いてるんだ……。

男4　西はどっちです……？

男2　西……？

女2　いいわ、私が一緒に行ってあげる。もしかしたら、私、あなたのことを知っているかもしれないから……。

男4　私のことを……？

女2　と言うより、あなたのお父さんのことをね……。

男4と女2、下手に消える。

男3　お前……。

男2　何だい……？

男3　俺は今、何を考えてる……？

男2　お前が……？

男3　うん……。

男2　知るわけないじゃないか、お前が考えてるんだろう……？

男3　そうなんだけどね……。俺にもわからないんだ、俺が今何を考えているか……。

男2　わかんないって……。だって、考えちゃいるんだろう、何か……？

男3　考えてはいるんだけどね……。だから、ひとまずお前の方から言ってみてくれないか、こんなこと考えてんじゃないのかって……。違う場合は違うって言うよ。わかるだろう。そうやって、あれも違うこれも違うって言ってる間に、だんだんはっきりしてくると思うんだ、俺が何を考えているか……。

男2　だけどね……。お前が何か考えてて、それが何かわかんないっていうのが、俺にはわかんないんだよ……。

男3　どうして……？

男2　どうしてって……。だって、言ってみればいいじゃないか、何でもいいから考えてることを……。それなら俺だって言ってやることが出来るよ。それじゃこういうことを考えてるんじゃないかって……。

男3　でも、いいか……。

下手より、男1がリアカーを押してもどってくる。

男1　あいつはどうした……？

男2　あいつって……。

男1　目の悪い方じゃなく……。

男2　首に包帯まいた方……？
男1　そうだ……。
男2　（上手を示して）あっちへ行ったよ……。

男1、上手に去る。

男3　どうしたんだ……？
男2　何か思い出したんだろう……。
男3　ともかく、何か言ってみてくれ。それを手がかりにして考えるから……。
男2　ニンジン……。
男3　何だ、ニンジンて……？
男2　知らないのか、こう長くて赤くて……。
男3　ニンジンは知ってるよ、何でニンジンなんだって言ってるんだ……。
男2　だって、お前、何でもいいって……。
男3　何でもいいけどね、俺は考えてるんだから、考えていそうなものにしろよ……。
男2　ダイコン……。
男3　よせって。お前そうやって、野菜全部並べるつもりか……？
男2　そうするよりしょうがないじゃないか、何が何だかわからないんだから……。
男3　もう少し、しぼれ……。

男2　お前、今朝、何を食った……？

男3　何も……、食わなかったな……。

男2　食いもののことか……？

男3　違う……。

男2　自転車……。

男3　何だ、自転車って……。

男2　だって、食いものがなけりゃ自転車に乗って、コンビニへ行って……。

男3　食いもののことじゃないって言ってるだろう……。

男2　女か……？

男3　女……？

男2　セックス……。

男3　馬鹿……。

男2　それじゃ……（指を折り）食う、寝る、遊ぶ……と来るから……。

男3　お前、その寝るってのはセックスのことだと思ったのか……？

男2　じゃないのか……？

男3　何考えてんだ……。

男2　ああ、お前、寝たかったのか、ただ、ふとんの中で……？

男3　そうじゃないけどね……。ちょっと待て、お前、最初に何て言った……？

男2　（指を折って）食う……。

男3　いや、それじゃなくて、一番最初……。
男2　ニンジン……。
男3　うん、それにね、何となくひっかかる……。
男2　やっぱり野菜じゃないか……。
男3　野菜……。
男2　野菜だよ。言ってみようか、ニンジン、ダイコンと言って、キューリ、ジャガイモ、サヤエンドウ、ミツバ……。
男3　やめろ……。
男2　最後までやってみようぜ、とにかくお前、ニンジンにひっかかったんだから……。ホウレンソウ、ゴボウ、ネギ、ニラ、カブ、トマト……。

上手より、女1、現れる。

女1　あのね、全然関係ないのよ、でも私、今、急に思い出して……。テルゼノンAって……。この人がかついでた看板……。
男3　それだ……。
男2　何だい……？
男3　それだよ。それをね、今俺は思い出そうとしていたんだ……。でも、それが思い出せないだけじゃなくて、何を思い出そうとしていたのかも忘れていたんだ……。

男2　じゃ、それか、お前が今考えてたのは……？

男3　そうだよ。よかった……。何となく、俺が俺になったような気分だよ……。

女1　お役に立てて何よりだわ。ただ私は、歩いてて思わず思い出して、せっかく思い出したんで、誰かに知らせたいと思っただけだけど……。

男3　こいつに手伝ってもらって思い出そうとしてたんだ……。何の役にも立たなかったけど……。野菜の名前ばっかり並べてね……。

男2　ニンジンはどうしたんだ……？

男3　ニンジン……？

男2　お前、それにひっかかるって言ったんだぞ……。だから野菜の名前を並べたんじゃないか……。

男3　ニンジン、テルゼノン……。

女1　色よ……。

男2　色……？

女1　テルゼノンAって、Aの色が赤かったのよ、ニンジンみたいに……。

男3　ああ、そうだ……。

女1　さよなら……。きっと、もう会わないわ……。

女1、下手に消える。

男3　いいもんだね……。

男2　何が……。

男3　だって、俺が何を考えていたのかってことがはっきりしたんだ……。

男2　でも、それが何だって言うんだ。昔、俺がしょってた看板の文字がわかっただけのことじゃないか……。

男3　そうだけどもね、今の俺にとっては、それこそが命って感じなんだ……。

下手より、男4に手を引かれて、ほとんど目が見えなくなったと思われる女2が現れる。

女2　（立止って）あの人はどっちへ行ったか聞いてみて……。

男4　あの人はどっちへ行ったか聞いてみてくれって言ってますが……。

男2　あの人って、誰だい……？

男4　あの人って、誰だいって言ってますが……。

女2　そうね。そんなこと誰にもわかるわけないわよね。行ってちょうだい……。

男4と女2、上手へ消える。

男3　行こう……。

男2　どこへ……。

男3　西へ……。
男2　西ってどっちだ……？
男3　俺の行く方さ……。
男2　そうだな……。

二人、動かないまま……。《秋の夕日に……》と、かすかに子供の歌声が聞こえて……。

《暗転》

## 《四場》

電信柱が一本。ポリバケツが一個。電信柱の下にむしろが敷かれ、女1が座っている。風が吹く。

**女1**　（すぐそばにいるものに話しかけるように）ねぇ、ゆうべからよ……。ゆうべから私、ここにこうしているんだけど、ちっとも……。ちっとも、何かしら……？　ちっとも……そんな気がしない……。そうね、そんな気がしないのよ……。途中で一度眠ったような気もするし、起きて、寒いわと思って……。そう、もう冬ですものね……。ショールを出して肩にかけて……。かかってないけど……。誰かにとられたのかしら……？　確か寒いわと思って（バッグの中を見、ショールを出して）あったわ……。じゃ、私、途中で寒いわと思って起きたのは、私の思いすごしだったのかもしれないわね……。それとも、はじめから一度も眠らなかったの……？　でも、そうじゃないわ、確かに私、寒いわと思って目を覚まして……。ショールを出したはずなのに、ショールは出てなかった……。ねえ、あなた……。もちろん、たいしたことじゃないわよ……。（ショールをかけて）かけたはずのショールがかかってなかったというだけのことですからね……。でも、あなた……。（ちょっと遠くへ）あなた……。

上手より女2が、白い杖をつき、ほとんど見えない目で現れる。

女2　私のこと……?

女1　じゃなくて、そのあたりに誰かいなかった……?

女2　あなたよ、私がこのあたりに誰かいると思ったのは……。

女1　じゃ、あなたかしら、今私があなたって言ったのは……?

女2　もう一度呼んでみて……。それが私のことじゃなければ、その人が返事をするかもしれないわ……。

女1　あなた……。

風の音。

女2　誰もいないみたいね……。何……?

女1　何が……?

女2　あなた、私を呼んだのよ、あなたって……。何か言いたいことがあったんでしょ……。

女1　そうね、きっと……。その時はきっと、そう思って呼んだんだと思うけど……。

女2　いいわよ、無理に思い出そうとしなくても……。たいていそれは、ひどくつまらないことよ、ここにあったお茶碗、どうしたの、とかね……。さよなら……。

女1　さよなら……。

女2、下手に去る。

女1　ここにあったお茶碗……?　そうね、お茶碗ないわ……。ここにあったかどうか知らないけど、あったとすれば私が片付けて……(バッグの中を捜す)ハンカチ……。(とバッグの中から出して)ハンケチって言うのよ、あの……誰だったかしら、その人……。私がハンカチって言ってよって言うとハンカチって言うんだけど、次の日になるとまたハンケチ……。(ハンカチの中に見つけて)何かしら、このシミ……?　いいわ、あそこの水道のとこで……。(立上ろうと)

下手より女2、引返してくる。手に茶碗を持っている。

女2　(茶碗を示して)これじゃない……?

女1　何、それ……?

女2　お茶碗よ。そこんところにころがっていたの……。あなた、今、そこにあったお茶碗がないって言ってなかった……?

女1　言ってたような気がするけど、それがそれ……?

女2　じゃないかしら……?

女1　いいわ……。あなた、ちょっとここにいてくれる……？　私、今……。（立とうとするが、立てない）そこで……。

女2　どうしたの……？

女1　どうもしてないんだけど……。立てないのよ……。

女2　立てない……？

女1　立たなくてもいいのよ、立たなくてもいいんだけど、私、今、そこへ……何しに行くんだったか忘れちゃったけど、行こうとして……。だから……。

女2　立とうとしているの……？

女1　してるわよ……。してると思うんだけど、でも、立とうとするって、普通どうするの……？

女2　どうするのって……、私、今あなたがどうしてるのか、ほとんど見えないのよ。そこにいることはわかるんだけど……。

女1　ちょっと待って。あなた、立ってるわね……？

女2　立ってるわよ……。と、思うけど……。

女1　そうすればいいのよ。だから……、（と電信柱をつたって立ち）立ったわ……。

女2　本当……。立ったみたいよ……。

女1　あれ、何だったかしら……？

女2　あれって……？

女1　ほら、歩く時に言う……。

女2　かあちゃんに、にげられた……。

女1　か、あ、ちゃ、ん、に……。

女1、上手に消える。

女2　ここにいればいいの……？（と、むしろに上り）お茶碗はどこ……？ ここ……？（と前に置く）そうなのよ、いつもここにあると、それがそこにないってだけで、ひどく気になるの……。でも、いいのかしら、ここで……？

下手より男1、頭に包帯をして現れる。

男1　ここかい……？

女2　何が……？

男1　便所……。

女2　じゃないと思うけど……。

男1　このあたりにあるって聞いたんだけどね……。

女2　（上手を示して）あっちじゃないかしら……？

男1　今もそこでそう言われたんだよ、あっちじゃないかってね……。何か、とめどもなく、あっちへ行かされてるような気がするよ……。ロープはあるかい……？

女2　何、ロープって……？

男1　ひもだよ。

女2　ないわ……。

男1　あればそれで首吊ろうと思ったんだけどね……。

女2　お便所で……？

男1　いや、だから、便所へ行ってしゃがんでも何んにも出てこなかった時にさ……。行くよ。聞かれたらそう言ってくれ、俺はあっちへ行ったって……。

女2　誰に……？

男1　あいつにさ……。

女2　いいわよ……。

　　男1、上手に去る。

女2　（目の前の茶碗を使って、ホウサンで目を洗う用意をしながら）って思わず言っちゃったけど、あの人の言ったあいつってあの人のことかしら……？　あの人っていうのは……。今、私、どの人のことをあの人って言ったのか忘れちゃったけど、その人とあの人の言ったあいつっていう人が同じって限らないし……。

　　上手より男3が、松葉杖をついて、リュックサックを背負って現れる。

男3　生きて動いているもの見るとほっとするよ……。

女2　(目を洗いながら) 私のこと……?

男3　そうみたいだね。だってお前さんだろう、そこにいるのは……。

女2　不思議なことにね……。

男3　不思議だよ、お前さんがそこにいて、俺がここにいるなんてね……。何か、食いたいかい……?

女2　食べたくないわ……。

男3　俺もね、食いたくないんだ……。持ってるのにね……。飢え死にしそうになったら、食うようになるさって、誰かが言ってたけど、そうじゃないんだ……。何故だい……?

女2　知らないわ……。

男3　ゆうべひどく寒かったろう……? 聞いてなくていいよ、俺が勝手にしゃべってるんだから……。橋の下で寝てたんだけど、風がひどくてね、もうちょっと奥に入れば風にも当らないだろうってことがわかりながら、そうしないんだ……。どうしてだい……?

女2　もっと寒くなれば入るんじゃない……?

男3　もっとかい……?

女2　私だって、これしてるけど、こんなことしたってしょうがないのよ。すればするほど悪くなるみたいだし……。もうほとんど見えないの、この目は……。(男3を見て) 誰かがそこにいるってことが、ぼんやりわかるだけ……。でも、やった方がいいって言う人がいたから、その人にやってるわよってことを言うために、やってるだけ……。

男3　俺にもやらせてもらえないかな……？

女2　何を……？

男3　それをさ……（と、むしろに近づいて座りこみ）そうなんだよ、俺は足をくじいた時そう思った、（松葉杖を示して）こいつを使って歩いてみるとね、その方がよっぽどしっかり歩けてるような気がしたんだ。だからね、（茶碗に手を出し）こいつをやると、目が少し悪くなるんだろう……？

女2　（茶碗を取り返して）やめてよ……。

男3　いいじゃないか。俺はね、前々から目が見えすぎるって、思ってたんだ……。

女2　あんた、誰……？

男3　誰って……。俺だよ……。って言っても、お前さんが誰って思うか、わからないけど……。

女2　（あたりへ）誰かいない……？　（男3に）あなたじゃなくてよ。誰かがいて、その人があなたを見れば、あなたが誰かわかるわ……。

男3　（茶碗を目の前に置いて）いいけどね、誰が見たって、俺は俺だってことしかわからないさ……。（ガーゼを手にして）これで目を洗うのかい……？

女2　私、行くわ……。（立上る）

下手より男2が、むしろを体に巻いて、ズタ袋を引きずって現れる。

男2　声がしたよ……。
男3　お前、目は見えないのか……？
男2　見えるさ……。
男3　じゃ見ろよ、聞くだけじゃなく……。
男2　聞いて、やってきて、見たんじゃないか……。
男3　何が見える……？
男2　何んにも見えないよ。電信柱があって、人がいて、風が吹いている……。

男2、そのまま上手に消える。

男3　（女2に）何んにも見えなかったよ、あいつには……。
女2　でも、人がいるって言ったわ、あなたと私のことよ……。
男3　そうだね、お前さんと俺がいるってことは、あいつにも見えた……。（目を洗って）うん、すごくどきどきするね……。

上手より、女1が細引きを持ってそそくさと現れる。

女1　ごめんなさい、本当は私、こんなことはしていられないんだけど……、（と、むしろに上り、細引きを電信柱に結びつける）ハンカチを洗ったから、それを干すまではね……。

女2　ちょうどよかったわ、私も今、行こうとしたところ……。ハンカチを洗ったの……。
女1　そう……。シミがついてたのよ、もしかしたら、私、それでこの首の傷をふいて……。
（細引きの一方を持ち）これ、どうしたらいいかしら……？
男3　何だい……？
女1　ですからね、そっちはその電信柱に結んだけど、こっちに何かないかしら……？
女2　それ、ロープ……？
女1　ひもよ……。
男3　それを何かに結びつけたいって言うのかい……？
女1　そう。それで……、あら、私、ハンカチ持ってなかった……？
女2　ハンカチ……？
女1　そうよ。それを干すために持ってきたんですから、このひも……。あそこの、お便所のところで拾って……。じゃ、あれだわ……。じゃないかしら、このひも拾った時に、ハンカチ洗面所のところに忘れて……。（女２に）ごめんなさい、あなた、私取ってくるまで、これ持っててくれる……？
女2　いいけど……、（と、ひもの一方を手にとり）どっちみちこれ、どこかに結ばなくちゃいけないんでしょ……。

女1、上手に去る。

男3　そうだな、（ポリバケツを見つけて）これに結ぶわけにはいかないにしても、これに何か、棒みたいなものないか……？

女2　棒みたいなもの……？　そこにあるそれ、何……？

男3　これは俺の松葉杖だけど、いいか、これで……。一本あればいいから……。

上手より男2が、男1を抱きかかえるようにして現れる。シャツを持っている。

男2　干してくれってさ……。

女2　その人を……？

男2　じゃなくて、このシャツをね……。俺はよせって言ったんだけど、一晩干せば乾くからって……。

男3　そいつはどうしたんだ……？

男2　だから、こいつが洗ったんだよ、このシャツをね……。（女2に渡す）でも、干そうとしたらロープがなくて……。

男1　そいつに言ってくれ……。

男2　誰に……？

男1　だから、そいつにだよ……。三つのボタンの話、知ってるだろう……？

男2　ボタン……？　ボタンなんかついてないだろう……？

女2　ついてないわよ、だって、これ、こういう……。（Tシャツである）

男1　そいつが押したんだ……。もちろんそいつは押さないって言うよ。でもね、そう言ってやってくれ、俺はお前が押したのを知ってるって……。

男3　わかった……。（男2に）ここに寝かせろ……。靴を脱がして……。（と、男1をむしろに）

男1　（女2に）それ、ロープか……？

女2　ひもよ……。

男1　それ、ここに（と首を示して）巻いてくれ……。

女2　これを……？

男1　そうだよ……。お前……。

男2　俺か……？

男1　じゃなくて……。引っぱってくれ……。

女2　これを……？

男1　そう……。

男3　（ひもの一端を持って）これをか……？

男1　うん……。電信柱が引っぱるんだよ。だからお前たちは、それをやめさせようとして……。

男3　こうか……？

男3と女2、細引きを引く。男1、うめく。やや、間……。風の音……。

男2　死んだんじゃないのか……？

男3　死んだ……。（細引きをゆるめる）
女2　私……（と、細引きを放し）この手で感じたわ、この人の喉仏がギクッてしたのを……。

下手より、よれよれの礼服を着た葬儀社風の男4が、リアカーに棺桶を乗せたものを引いて現れる。

男4　死んだんですか……？
男2　死んだよ……。
男4　手伝って下さいますか、それをここに乗せます……。

男2と男3、手伝って、男1を棺桶の中に納める。

男4　御存知ないかもしれませんけど、この棺桶はこの人のものですよ。この人はね、いつかこうなるだろうと思って、これを引っぱって歩いてたんです……。

男4、リアカーを引いて上手に消える。男3、ポリバケツに松葉杖の一本を立て、それにロープを結ぶ。

男2　何をするんだ……？
男3　だって……、（シャツを示して）それを干すんだろう……？

女2　そうだけど……。（シャツを拾って）洗濯バサミ、私、持ってたかしら……。（荷物を探しはじめる）

男2　洗濯バサミなら俺が持ってる……。（荷物を探す）

男3　俺も持ってるけどね……。

男2　あった……。（と、包丁を出す）

女2　あった……？

男2　でも、洗濯バサミじゃなく……。

男3　何で包丁なんだ……？

男2　ないかって言われたんだよ、そこの便所であいつにね……。

女2　あったわよ……。（シャツを、洗濯バサミで細引きに吊す）

女1、上手より現れる。

女1　あら、何、それ……？

女2　シャツよ……。

女1　それだったかしら、今、私が探しに行ったのは……？

男3　じゃないんじゃないかな、だって、これは（男2を示して）こいつの……。

男2　俺のじゃないよ。今、死んだ……。

女1　ならいいんだけど、どうしてもないのよ、私が探してた……。これも干してくれる……？

（と、ハンカチを出し）ついでに洗ってきたの……。

女2　いいわよ……。（と、並べて干す）

男3　（男2に）何か飲むかい……？

男2　いらない……。

女1　シミがついてたのよ、もしかしたら私、ゆうべ吐いたから……。

　　女2、干し終って、ちょっと離れて見て、そのままその場にうずくまる。

男2　どうしたんだ……？

女2　見ない方がいいわよ。私は、見ちゃったけど……。言うでしょ、一度どこかで見た風景と、どうしても同じとしか思えない風景を見てしまうことがあるって……。さよなら……。私、ここにいるわけにはいかないわ……。何故かわからないけど、そうしちゃいけない気がするの……。

　　女2、荷物を持って下手に消える。風の音……。

女1　ねぇ、何、一度どこかで見た風景と、どうしても同じとしか思えない風景って……？

　　男2、ゆっくりむしろから出て、干物を見る。

男2　ああ……。

男3　あそこか……？

男2　あそこだ……。

女1　どこ……？

男3　靴があってね、シャツとハンカチが干してあって、誰もいなかった……。そいつは死んだんだよ、その前に……。

女1　あの人は、それを見たの……？

男2　それを見たんだ……。（むしろに座る）もしかしたらその前にもあれを見たのかもしれないな……。

男3　その前って……？

男2　だから、その前さ……。どの前のことかわからないけど、その前だよ……。

女1　（目の前の茶碗に気付き）ここにこのお茶碗があってね……。そうよ、思い出したわ、あそこ……？

男3　あそこさ……。

女1　寒いわ……。

男2　これをかぶるといい……。（と、むしろを脱ぎ）こんなもんだけどね、かぶっていると……、（と気付き）おい……。

男3　何だい……？

男2　あいつ、包丁を持ってった……。

女1　あいつって……？

男2　今の……。あの……。

男3　行ってこよう……。（と、立つ）

男2　いいよ。俺が行く……。（立つ）

　男2、下手に去る。

女1　包丁……？

男3　そこにあったんだよ、あいつが持ってたんだ……。（座る）

女1　誰の包丁……？

男3　誰のって、あいつのじゃないのか。あいつが持ってたんだから……。（むしろを示して）それ、かぶればいいじゃないか……。

女1　でも、私、持ってるのよ……。（ショールを出す）

男3　（むしろをまとめながら）せっかく、お前、あいつがわざわざ脱いで……。

女1　あなた、今、お前って言った、私のこと……？

男3　言ったね……。

女1　誰だと思って言ったの……？

男3　そうなんだよ、俺も今それを考えているんだけどね、誰だと思って言ったんだろうって……。

女1　いいけど……。私も時々そうだから……。

男3　この前、材木置場んところで寝てたらね、一緒に寝てた奴がいきなりつかみかかってきて首を絞められた……。何だと思って突きとばしたら、そいつ、俺の顔を見て、何だお前かって言って、そのまま行ってしまった……。

女1　それで……？

男3　それだけさ……。でも、それ以来俺は用心してる……。

女1　殺されないように……？

男3　殺さないようにさ……。

男2、下手より引返してくる。

男2　死んでた……。

男3　包丁でか……？

男2　うん。自分で刺したのか、ころんで刺さってしまったのかわからないけど……。（むしろに上って座る）

女1　ころんだのよ、あの人、目が悪かったから……。もちろん、ころんだら刺さるように持ってたのかもしれないけど……。誰か、何か飲む……？

男3　いらない……。

女1　食べる……?

男2　食べない……。

女1　（突然、歌う。最初は低く、何を歌っているのかわからないように）
モーイクツネルト
オショーガツ
オショーガツニハ　タコアゲテ
コマヲマワシテ　アソビマショー
ハーヤク　コイコイ
オショーガツー

男3　何だい……?

男2　歌ってるんだよ……。

女1　モーイクツネルト
オショーガツ
オショーガツニハ　マリツイテ
オイバネツイテ　アソビマショー
ハーヤク　コイコイ
オショーガツー

上手より、男4がリアカーにむしろを乗せてやってくる。

男4　死んだんですか……？

男2　（下手を指して）あっちだ……。

男4　あちらの方はもう回収させていただきました……。

男3　ここで……？

男3が言って、思わず女1を見ようと肩を引くと、女1がゆっくり倒れる。

男2　死んだのかい……？

男4　（近付いて、女1を調べ）お亡くなりのようですね……。お手伝いいただけますか……。

男2と男3、手伝って女1をリアカーに乗せる。男4、細引きを解いて、洗濯物を取りこむ。

男2　（見とがめて）何だい……？

男4　この人のものです……。本当は、入院してなきゃいけなかったんですよ……。（リアカーに洗濯物を乗せ）何日か前、病院から逃げ出したんです……。失礼……。

男4、リアカーを引いて下手に去る。

男3　そう言えば、もう正月か……。

男2　（懐から包丁を出して）……。

男3　何だい……？

男2　お前のだ……。

男3　俺の……？（受取る）

男2　あそこにあっちゃまずいと思って持ってきたんだ……。

男3　まずいって、どうしてまずいんだ……？

男2　お前のだろ……？

男3　俺のじゃないよ……。

男2　よく見てみろ……。

男3　だってこれはお前が出したんだぞ、さっきそこで……。

男2　俺が預ってたからね……。

男3　俺にか……？

男2　だと思うよ。誰かを刺してしまったからって……。

男3　俺が誰かを刺した……？

男2　元の女房だったかな、どこかに寝ているのを見て……。

男3　俺じゃない……。

男2　お前だよ……。

男3　これでか……？

男2　それでさ、首のここんところを……。

男3　だって、お前……。

男2　だから、相手は寝ててね……。こうなってるんだから……。（と、むしろに寝る）

男3　でも俺は、寝てる人間は刺さないよ……。

男2　そこに座って……。

男3　女房なんだろ、相手は、元の……。（と言いながら座る）

男2　そうだよ。それで、ここに包丁を当ててね……。

男3　俺だったら……。（包丁を男2にぐいと引かれて）お前、自分で刺したな……？

男2　そうじゃない……。お前が刺したんだ……。でも、俺じゃない……。元の女房をさ……。

男3　死ぬのか……？

男2　死ぬさ、包丁が刺さったんだから……。血は出てるか……？

男3　出てるよ……。

男2　逃げろ……。

男3　逃げる……？

男2　だって、しょうがない、元の女房だと思ったとしても、俺を刺したんだ……。

男3　どうやって逃げるんだ……？　（立上る）

男2　そいつは、むこうが決めてくれる。追いかける奴がね……。でも、行く前に……（とむしろを示し）そいつをかけていってくれ、俺の上に……。

男3　いいよ……。（男2にむしろをかける）そうか……。（松葉杖を突き、リュックを背負い）どうやって逃げるかは、むこうが決めてくれるんだな……。おい、でも聞いてみてくれないか、どこへ行くんだって……。そうしたら俺は、どこへも行かないよ、歩いてるだけだよって……。（思わず、くくくくと笑う）失礼、お前、死んでるんだったな……。あれを覚えてるか、ほら……。（歩きはじめて）ぼ、ん、さ、ん、が、へ、を、こ、いた……。

男3、下手に去る。ほとんど入れ違いに、下手より男4がリアカーを引いて出る。

男4　（むしろに近づき）死んだんですか……？

男2　まだだ……。

男4　待ちます……。（座る）

男2　雪は降ってるか……？

男4　降りませんよ、今夜は……。

男2　待とう……。

男4　早くして下さいよ。もう勤務時間はとっくに過ぎてるんです。歩数を数えて歩く人と、今もすれ違いましたが、知ってますか、何故かあの人たちはみんな、西へ行くんです……。西方浄土って言いますから、それですかね……？　ともかく、どこへも行かずに歩くんだから、思いがけないところへ行けるっていうのは、ウソですよ……。まだですか……？

やや、間、風の音……。男4、立上る。

**男2**　まだだ……。

男4、また座る。

**男2**　雪は……？

**男4**　まだです。

《木枯し途絶えて、さゆる空より……》と、遠く、子供たちの歌……。

《暗転》

# 風のセールスマン

登場人物

男

舞台やや下手に電信柱。上手にバス停の標識とベンチ。

上手より男が、古びたトランクを持ち、コーモリ傘をさして、歌いながら現れる。

あの日
あの街を
歩いた
秋の
青空
赤トンボ
雨でもないのに
雨傘さして

（立ち止まり）アメデモナイノニ、アマガササシテ……。つまり、さっきまで降っていた雨がやんだのに気がつかなくて……。じゃないな。いつかの夜、駅を出たとたんどしゃぶりの雨にあったのを思い出して……。でもないとすると……。アキノ　アオゾラ　アカトンボ……。そうだよ。恥かしかったんだ、アタシは。秋の空の下に生《なま》で立っているのがね……。赤トンボじゃないんだから……。セールスマンなんだから……。もうちょっとまともっぽく言えば、ホーモンハンバイイン……。それも、水虫防止付靴底シートの……。つまりね、これを靴ん中に敷いておくと、水虫にかからない……。見てみるかい……？　いい……？　じゃ、ま、やめとくけど……って、ここですぐ引っこめてしまうのが、アタシのセールスマンとしての駄目なところって、いつも主任に言われてるんだ……。主任、知ってるかい……？　知らないやね、あいつはあいつの事務所にデンとケツをすえて……。だから、あの波止場通りのレンガ建て倉庫の二階の……。目の前に広げたこの地図に赤エンピツでくるっとマル書いて、今週はここをまわってくれって……。ほら、これがその地図……。そんなもの見たってしようがない……？　そりゃ、お前さんが見たってしようがない。お前さんは水虫防止付靴底シートを売ってるわけじゃないし、ここを回れって主任に言われているわけでもない……。でもね、アタシには見てもらう必要がある。何故って、アタシがここにいるのはそのためなんだ……。だって（と地図の赤エンピツの印を示し）ここは……（と、あたりを見まわし）ここだろう……？　つまり、誰かがそっちからやってきてアタシを見て、「お前さんどうしてこんなところにいるんだい」って……。聞きやしないよ。聞きやしないけどね、心の中で思った時、アタシも心の中でこの地図を広げて、これこれこういうことでここにいるんだって、思えるじゃないか……。

　トリコシクロウ……？　そうじゃない。そんなことを言う奴はセールスマンてものを、つまりホーモンハンバイインてものを知らない奴さ……。セールスマンてものはね、どこにもいないんだ……。ただ、通りすぎるだけ……。風のように……。（歌う）

ダレガ、カゼヲ、ミタデショー

って歌があるよ……。

アナタモ、アタシモ、ミヤシナイ

このアナタってのは、お前さんのことだ。

ダケド、コノハヲフルワセテ
カゼハ、トオリスギテユク

ね、そしてふと気がついてみたら、手元に水虫防止付靴底シート一ケース分の注文書を持っていた、というわけさ。いや、もちろん正確に言うと、そいつが持っているのは注文書の控えで、正規の注文書はアタシのポケットの中ってことだけどね……。いちゃいけないんだセールスマンてのは……。ただ通りすぎた後に、注文書の控えだけが残される……。こうでなきゃいけないんだが、これがなかなか出来ない……。特にアタシの場合はね……。たとえば、アタシがここに坐ってるだろう……？　（と、ベンチに坐る）坐っちゃいけないとこじゃないよ。そこにバス停の標識があって、このベンチはそのためのもんなんだから。ここに坐っていれば当然、「ああ、バスを待っているんだな」って思えるじゃないか。ところがいいかい、そっちから誰かが出てアタシを見ると、「おや」って顔をするんだ。「おや、何をしているんだろう」ってね……。（いきりたって）何故だい。これはバス停で、これはそのためのベンチで、アタシはそこに坐ってるんだよ。「おや」じゃなく、「ああ、バスを待っているんだな」って思えよ。だって、現に私は、バスを待ってるんだから……。いやいや、そうだよ、お前さんは先刻御承知だ。アタシはね、別にバスに乗るわけじゃないのに、ここに坐ることがある。あたかもバスを待ってるふりをしてね。セールスマンてのは疲れるショーバイなんだよ。フツーだったら、それだって「ああ、バスを待っているんだな」って思ってもらえる。だって、ほかには考えられないからね。ところがアタシの場合はそうじゃない。バスに乗るわけじゃなく、バスを待つふりをして坐っていると、一発で見抜かれて、「おや、何をしているんですか」ってやられるんだ……。時々、バスの来る方をのぞいてみたり、まだ来ないのかなって風に腕時計を見たりしててもだよ。何故だい？　いや、そこまではなんとか我慢出来る。我慢ならないのは、いいかい、現にアタシがバスに乗ろうとして、本当に待っているにもかかわらず、「おや」ってやられることなんだ。「何をしてるんですか」ってね。現に、乗るんだよ、アタシは、バスに……。そのために、本当に、待っているんだ。にもかかわらず……。まあ、いいけどね……。

おかしなことだと思わないかい……？　アタシはいつもそうなんだ。たとえば、こうして歩いているとする……。ね、フツーだろう？　どう見てもフツーに歩いてるとしか見えないじゃないか……。だから、いいかい、そっちから人が来て、アタシを見たら、そいつは、「どちらへいらっしゃるんですか」って、ね。そう言うはずだよ。アタシの方もそう言われるだろうと思って、「ちょいとそこまで」って、言うつもりになってる。ところがそいつはアタシの足元を見て、「歩いてるんですか」って言やがるんだ。歩いてるよ。歩いてるんだから。

　これがどんな気分のものか、お前さんたちには、わからないよ。どこかへ行こうとして歩いていて、「どこへ行くんだい」って言われずに、「歩いているのかい」って言われたら……それも、二度、三度とやられたら、まるで歩いてないんじゃないかみたいな気分にさせられるよね……。歩けなくなるんだ。

　歩くなんて簡単だよ。足をこう、片一方ずつ前に出していけばいい。その場合、ちょっと難かしいのは、手、ね……。こっちの足がこう出た時、こうなっちゃいけない……。（ナンパで歩いてみせて）こうなっちゃう……。アタシはね、保育園に入ってオアルキの時、こうやって歩いてた。シンちゃんおかしいよって、隣の女の子に言われて、保母さんが振り返って、「フツーに歩いてごらん」て……。フツーて何だい……？　「こっちの足がこう出た時、こっちの手はこうなって、こっちの手がこうなるのがフツー」……。アタシは今でも、歩いてて突然思い出すことがあるよ、「えっ、これ、フツーかな」って……。平らな道を歩いてる時はまだいい。この前、駅の階段を降りながら、ふとどっちの足を出していいのかわからなくなってね、ころげ落ちたことがある……。（思い出し、トランクを開けて傷の手当をしながら）人生は難かしいよ。お前さんたちは何も考えずに歩いてる。だから、歩けてるのさ。でもね、小さなころに間違った歩き方をしていてフツーに歩いてごらんて言われた人間は、そうじゃない。いつも、これはフツーかなって、考えなきゃいけない……。（バンソウコウを貼り直して）つい、二三日前のことさ。まだ直ってないんだよ。

（顔をゆがめて見せる）何をしたか分かるかい？　笑ったんだよ。痛くて顔をしかめたんじゃない。そう言われれば、笑ったようにも見えないことはないって思えるだろう？（もう一度やって見せて）ほら、ね……？　訓練のたまものだよ……。アタシは練習したんだ。それというのも……（トランクから手鏡を出して、自分の顔を写しながら）アタシは笑う度に、「どこか痛いのかい」って聞かれることが多かった……。ま、言われてみれば（つくづくと鏡の中を見て）そう見えないこともないが……。そこで女房《カミサン》に……、家内のことだよ……、当り前だけどね……、いちいちこういう断りを入れなくちゃいけないのは、アタシが女房《カミサン》って言うと、度々「それは奥さんのことかい」って聞き直されるからなんだ……。まあ、いい、ともかく女房《カミサン》に、これからアタシが笑うから笑ったように見えるかどうか確かめてくれって頼んだ……。何度も何度もさ……。何てったって、セールスマンにとっちゃ、笑いがイノチだからね。主任がいつもそう言ってる、人を見たらともかく笑えってね……。最初のうちは駄目だった。女房《カミサン》に笑って見せる度に、「何だかわかんない」って言うんだ。何だかわかんないって、何だい？　笑ったんじゃないにしても、何かでありそうなもんじゃないか……。でも、朝昼晩くり返しやってる内に、何とかそれらしくなってきた……。笑ってるように見えはじめたんじゃないよ。何だかわかんなくはなくなってきた、というわけさ。最初はこれだよ……。（顔を作って見せ）ね、くしゃみが出そうになって、あー、出るかなって……。女房《カミサン》がそう見えるってんで、次の日主任の前でやって見せたら、お前、くしゃみをこらえてるのかって……。この感動……。これがどれほどのものか、お前さんたちには決してわからないよ。

アタシはその晩、女房《カミサン》と抱き合って、声をあげて泣いたけど、そいつはまるで、この世界とおつきあいをするための、最初のかすかな手がかりをつかんだような心持ちだった……。もっとも、そいつは作った顔だからね、アタシが本当にくしゃみをこらえようとする時は、こう……（作って）ね、暗闇でいきなり犬に吠えられたような顔になるんだ……。

でもね、それからはみるみる上達していったよ。そして或る日、アタシがいろんなことをやった時、いきなり女房が、「それよ」って言うんだ。「今やったののひとつに、ほとんど笑ってるとしか思えないのがあった」って……。それが、こいつさ……。（と、やって見せる）いや、本当はもっとそれらしいのがあったのかもしれないけどね、その時いろいろやったんで、女房にもどれがどうだったのか、わからなくなっていたんだ……。でも、次の日に主任の前でやって見せたら、最初は、「どこか痛いのか」って聞いたよ。ただ、笑ったんですって言ったら、「そう言われればそう見えないこともないな」って……。ね、確かに断りが必要かもしれないけど、笑いは笑いなんだ……。だからアタシは、これから笑うよって断りを入れてから、こうやるんだ……。（顔を作る）そうするとみんな、「ああ、笑ったんだな」って思ってくれる……。

何度も言うようだけど人生は難かしいんだ。フツーに立ったり座ったり、笑ったりしゃべったりしている人間には、わかんないだろうけどもね……。アタシにはわかってるんだ、この人生が、この世界が、生きていくにはどんな苦難に充ちているかって……。（上空に向って）えっ……？　わかってますよ、すぐ行きます……。（客に）主任だよ。お前さんたちには見えないし、だから言ってることも聞こえないが、アタシにはそうじゃない。すぐそこにいて、アタシに行けって言ってる。その丘を下って街に入って煙草屋の角から三軒目のタチバナって靴屋にね……。今日はその店を皮切りに、この街の靴屋やら洋品店を十三軒まわって……。だから、そうだよ、もうすぐはじめないと、今日のノルマはこなせない……。ただ、何故かね……、行きたくない……。タチバナの親父がいやなんじゃない……。そいつに見せる商品に……、だから水虫防止付靴底シートに自信がないわけじゃない……。いや、本当のことを言えばさ、もう秋だからね、水虫の季節は終って、誰もそんなものには目を向けない……。現にここへきて、度々そう言われてるよ。でもね、そう言われたらどう言えばいいか、主任に教えてもらったんだが、ちゃんとわかってる……。「でも社長さん」、相手が社長じゃなくてもこう言うんだ、「このシートは水虫の季節が終ったら、防寒用になるんです」ってね……。そこでアタシはアタシの靴を脱いで、防寒になっているシートを出して見せてやるってわけさ……。

もっとも、シートを出して見せたって、それが防寒用になっているかどうかはわからないけどね。手仕事さ……。おしゃべりをしながら華やかに手仕事をして見せる。これだよ、セールスマンというのは……。

そのほか……、ああ言えばこう言うという三百三十三のやりとりについて、アタシは習い覚えている。ほとんど一流のセールスマンといってもいいくらいさ……。ただね、問題なのは、今、言ったろう……？　突然、いやになるんだ。鼻歌を歌いながら、訪問先の扉を開けて、チワー、シキシマ商事ですってのがさ……。

（空に）わかってますよ。そのどこがいやかって言うんでしょう……？　そのどこがいやなのかアタシにもわかんないのが困ったところなんです……。（トランクから細いくさりを出し）もしかしたらって、アタシは考えるんですよ、（くさりの一端を電信柱にまわして、これもトランクから出した錠で止める）セールスマンてのが、ホーモンハンバイインてのが……、つまり、商品カタログと見本をもって、それをわざわざこちらから売りに行くってことが、あっちゃならないことなんじゃないかと……。（トランクから犬の首輪を出して、くさりのもう一方の端に錠でつなぎ）わかってるって言ってるじゃありませんか。みんなやってることです。世の中には大勢セールスマンがいて、それぞれ商品カタログと見本をトランクに詰めて、青空行進曲を口笛で吹きながら、街をうろついている……。見る人が見れば、「ああセールスマンだな」って気がつくかもしれない。そりゃいいんですよ。ただ、訪問先の会社なり店なりに着いて、チワーっと言いながら扉を開いて、「何だい」って会社か店の者が目を向けて……ね、こちらがシキシマ商事ですって名乗る一瞬前……アタシはアタシが誰なのか、わからない……。セールスマンですよ、ホーモンハンバイインですよ。そんなことは言われるまでもなく、わかっている。でもね、アタシはその度に、えっ、セールスマンなのかなって……。ホーモンハンバイインなのかなって……こう、考えてしまう……。（犬の首輪を自分の首に巻きつけ）そしてもっと悪いことに、セールスマンてのは一体何だろうって、ホーモンハンバイインてのは一体何だろうって考えてしまう……。

（電信柱に犬の首輪でつながれた自分を確かめて、客に）どうだい、これでもうどこへも行けない。今日一軒もお得意をまわらずに帰って、主任に「どうしたんだ」って聞かれたら、実は電信柱につながれてしまいましてねって……。だって、現につながれているだろう……？　そしてこのことはね、もう少ししたら誰かが通りかかって、警察に知らせてくれるから、警察が証明してくれる……。何なら、証明書をもらっておいてもいいよ。本日、シキシマ商事セールスマン、オキモト・シンジは、オガワ町三丁目、バス停脇の電信柱につながれ、身動き出来なかったことを証明する……。

　もちろん、カギを持ってたらね、これで自由にはずせるし、自分で自分をつないだんだろうって疑われる……。そこで……、見ててくれよ……。（カギをポンと上手に投げる）これでもう、どうしようもない……。

デンシンバシラにつながれて
犬の首輪でつながれて
行くに行けないセールスマン
泣くに泣けないセールスマン

トランク持っても歩けない
傘を差しても歩けない

そうだよ。当然ながら、歩こうとして、これを引っぱって、電信柱に傷をつけとかなければいけない……。だって、仕事熱心なセールスマンは、何とかお得意まわりをしようとするだろうからね……。警察だってそれがないと、アタシが無理矢理こうされたんだということを、信じないかもしれない……。
（くさりで、電信柱に傷をつける）

デンシンバシラにつながれて
犬の首輪でつながれて
行くに行けないセールスマン
泣くに泣けないセールスマン

トランク持っても歩けない
傘を差しても歩けない

空が高いよ。秋だからね。秋が一番つらいんだ、セールスマンには……。だって夏は暑いし、冬は寒いし、春は……、春はどっちでもないけどかすむからね。春はかすんでて、セールスマンかどうかもぼんやりさせる。でも秋は違うよ。ありありとセールスマンであることを際立たせる……。

あの丘こえてセールスマンが通る
どこかへ何かを売りに行く

って歌があるけどね。これは秋だよ。秋の晴れあがった空の下を……。（突然、口をつぐんで）そうだ……。え……？　忘れてたよ……。
さっきこのことを思いついて、犬屋でこれを買って、電信柱につないでカギを捨てる前に、ションベンをしておかなくちゃって、考えといたんだけどね……。（上手を示して）すぐそこに公衆便所があるんだけど……。（引っぱってみて）せいぜいここまでがやっとなんだから……。ちゃんとメモもしてあったんだ。（ポケットからメモを出し）ね、カギを捨てる前にションベンて……。何ならダイベンもって……。チクショー……。

ダイベンは今のところ大丈夫だけど、ションベンはね……。秋のことを言ったのがいけなかったんだ。秋はションベンだよ。そしてションベンというやつは、思いつくと急にしたくなる……。もちろん、ここに電信柱があるからね……。誰もいないのを見はからって、こっちにかくれてこっそりって手もあるけど……、ぬれあとが残るよ。しかも、アタシがここにつながれてるんだから……。忘れよう。ションベンという奴はね、そう思えばしたくなるけど、忘れると意外に忘れられる。えっ、そう言えばあの時ションベンをしたかったんだった、ってね……。ともかく誰かが来て、「どうしたんです」、「いや、つながれてしまいましてね、すみませんが警察を呼んでくれませんか」って……。それまで我慢することが出来れば……。と、いうことだからここでは……、（と、トランクの中から靴下を取り出し）クツシタをはき変える……。「何でこんなところでこんな時にそんなことをするんだ」、なんて聞いちゃいけないよ。セールスマンてのは、特に靴底シート売りのセールスマンてのは、常に新しいクツシタをはいてなくちゃいけないんだ。

古いクツシタを脱いで
新しいクツシタをはこう

ってこれも昔聞いた歌だけどね。（靴下を脱いだ足を見せて）いい足だ。どこがいいかって言うと、指が五本あって、それが、ほら、こんな風に全部動くだろ？ 訓練のたまものでね、これだけ動くようになれば、道に百円玉が落ちていても、しゃがまずに足でつまめる……。本当だよ。もっとも、靴をはいてちゃね……、せっかくの才能も宝の持ちぐされだが……。

古いクツシタを脱いで
新しいクツシタをはこう
クツシタさえ新しければ

怖いものなどなにもない
あの娘のアパートを訪ねて、
おあがんなさいと言われても

そうじゃなかった。その時はね、つまり、アタシの会社の、会計係をやってる女の子の誕生日に、「来てもいいわよ」って言われて行った時、プレゼントのチョコレートの詰合せは忘れずに買ったんだが、靴下はそのままだった。靴を脱いだとたん、「うっ」て顔をそむけたよ。アタシだけじゃなく、アタシの後ろに立っていた女の子もね……。それっきり……。アタシはチョコレートの詰合せを置いて、そのまま出ていった……。でも、アタシのいいところはさ、これを教訓にして次の時……、その娘がやめて次に会計係になった女の子の誕生日、「来てもいいわよ」って言われて行った時は、新しい、クツシタをはいていた……。ね、失敗は成功のもとって言うだろう……？　だって、その娘と結婚したんだから、アタシは……。

　結婚……、と言うとションベンを思い出すよ。どうしてかね……？　もしかしたら、あそこのことを考えるからかな……？　同じあそこにしても、使い方は違うんだけどね……。もちろん大変だったよ。こっちの使い方じゃなく、あっちの使い方をしなければならない、結婚式の夜の……。駄目だ……。よそうこの話は……。どうして大変だったかって言うとね……。駄目だって言ってるじゃないか、そんな話は……。でも、せっかく言い出したんだから……、駄目かな……、いや、大丈夫だろう……。つまりね、正直言ってアタシは、はじめてじゃなかった……。知ってるだろう、街の……、チ、チ、チ（と小便をこらえて）危ない、危ない……、そういう場所があって、最初は主任に、「お前行ったことがないのか」って言われて……。やめた……。どうしようもなくなってきた……。主任にそう言われちゃ、行かないわけにはいかないよ。で……。どうしよう……？　行ったら……。行ったことあるかい……？　女の……、おばさんだね、あれは……。「はじめてなの」って聞くから、はじめてですって言ったら……。何の話をしてるんだ、アタシは……。あ、そうそう、はじめてじゃないって話だ……。おい、おい、おい……。もらすわけにはいかないからね……。ともかく、はじめてじゃないんだから、何とかなると思ったんだが……、これが……、これが……、結婚して、相手が女房《カミサン》となるとね……。駄目みたいだよ……。いや、駄目っていうのは、そっちのことじゃなく、こっちの……。しょうがない、この際だから、失礼して……。

　と、電信柱の陰に入ろうとして、上空からするするとおりてきた、巨大なブリキの目玉に気がつく。

え……？　何だい、これは……？　目だ……？　目だってことはわかるけど、それが何なんだってことなんだよ、アタシが言ってるのは……。見る……？　アタシがションベンするのをかい……？　見たってかまやしないよ、ションベンくらい……。ウンコするんじゃないんだから……。とは、言ってもね……。わざわざ見に来た奴の目の前じゃやりにくいよ……。おい、向うへ行け、この野郎……。せめて、向う向くぐらいのことはしたらどうなんだ……。そうじゃないかい……？　人がションベンしようとしたら、目をそむけて見て見ないフリをするよ、フッーは……。（言いながらコーモリ傘を持って、目を叩く。ガンと音がする）やな野郎だなあ……。居るかい、こんな奴……。いや、いいよ、こんなのに見られてたって、やって（出来ないことはない……。でもね、そんな気がするんだ、こいつアタシがやるのを見て、笑うんじゃないかって……。「えへへ」ってね……。そうなんだよ結婚して女房《カミサン》とやる最初の時、アタシが出来ないのを見て、あいつが笑ったんだ、えへへって……。

　男、頭を抱えてうずくまる。暗転。明るくなると、目玉は消え電信柱からバス停の標識に洗濯用のロープが張られ、ズボンが干してある。男は、ペットボトルの水でパンツを洗っている。

女房《カミサン》と一緒になる前、やもめの生活が長かったからね、洗濯はお手のものさ……。それも、これ（と、ペットボトルを見せ）一本でだよ。（ロープにパンツを洗濯バサミで吊りながら）宿に遅く着いても、こいつを部屋ん中に張って、洗ったパンツを干しとけば、下着は一枚か二枚持ってれば足りる、というわけさ……。旅がらすは、つらいよ……。

　雨に降られて
　風に吹かれて

あっちへふらふら
こっちへふらふら

ってね。風はないけど、この天気ならじき乾くだろう……。ただね、そうなんだよ。さっきも言ったように、ここへ誰かが来て、「どうしました」、「いや、つながれてしまいましてね、すいませんが警察呼んで下さい」って時に、「ションベンもらして、洗濯しちゃいました」ってのは……、どうだい……？　まあ、ないことはないよ。現にアタシは、そうだったんでこうなったんだから……。でもね、やっぱりこれは、かなり変なフーケーじゃないかなあ……。アタシは別に、ここに住んでるわけじゃないんだから……。ホームレスか何かでね、ここに大きな寝床になるダンボールの箱があって、そこで洗濯したとなれば、ありそうなフーケーではあるけども、それが何故つながれているのか……だね、問題は……。しかも、ダンボールの箱がないし……。

空からダンボールが落ちてくる。

何だい……？　誰か、アタシの言うことを聞いている奴がいるよ……。誰だ……？　おい……。（箱に近付いて）確かに、ダンボールの箱には違いないけどね……。（組み立ててみながら）こんなものがあったって、つながれていちゃ、しょうがないんだから……。（天に）おい、そうじゃないか……？　それをどうやって説明するんだ……？　（組み立てて横にし、下半身をいれてみる）まあ、半分だけは入れるよ……。「いや、ここに住んでて洗濯してたら、つながれちゃったんですよ……。」そう言えってのかい……？　言って言えないことはないさ……。まさしくその通りになっているんだからな……。しかしだよ、フツーこんな風になるかい？　水虫防止付靴底シール売りのセールスマンが、犬の鎖で電信柱につながれて、ションベンもらしてズボンとパンツを洗濯して、怪しまれないようにホームレスの真似をしたなんて……。しかもだよ、この犬の鎖だって、この近所の犬屋に聞きこみにまわれば、そのセールスマンが自分で買ったってことがわかるから、自分でつないだんだろうってことがバレてしまう……。「何故だ……？」「お得意まわりをするのがいやだったから……？」「馬鹿……。そんなことなら、セールスマンなんかやめちまえ……。」

やめたいよ。アタシは前からそう思ってた……。主任だって、ことあるごとに言っていた、お前さんはセールスマンには向かないよって……。（鎖をつかんで）やめよう、こんなものはとっちまってね……。（引っぱる）でも、どうやってとるんだ……？　カギは捨てちまったし……。誰も来ないし……。アタシはいつもそうなんだ。サキノミコミって奴だね。今の、ションベンのこともそうだよ。鎖でつなぐ前に、ションベンをしておくことって、メモまでしといたのに、する前にカギを投げちゃった……。もちろんもらしたのは、あの目玉のせいもあるけど……。あの目玉はどこへ行ったんだ……。

　セールスマンを、やめるについてもそうだったよ。いや、やめなかった。やめられなかった。でも主任に……（腕時計を見て）やっこさん、もうそろそろアタシからの第一報が入るはずだと思ってるんじゃないかな……？　いや、思ってやしないか。どうせ海岸通りのモンブランで……、喫茶店だよ、カヨちゃんをからかいながらコーヒーを飲んでる……。その主任が、「流れるより住まえ」って言ったんだ。アタシに「セールスマンには向いてない」って言った後にだよ。

　わかるかい。「流れるより住まえ……。」ズンときたよ。そうだ、流れるより住まうべきだってね。どこかに一軒家を買って、そこにまるで長年住みついていたみたいに、住みつく。もうよそものじゃないんだよ。アタシが通りかかっても、その街のものが、「おや」って振り向くようには降り向かれない。私の方が、その街のものでないものが通りかかった時、「おや」って振り向くのさ……。

　これがどんな心持ちのものか、通りかかって、「おや」っと振り向かれたことのあるものにしかわからない……。街の中で「おはよう」って言えば「おはよう」って返ってくるんだが、それはまるでいちたすいちはに、みたいなもんだよ。つまりツーカーなんだが、それがツーカーであることすら気付かないくらいなんだ……。

　住もうと思ったよ。女房《カミサン》の実家から頭金を借りて、街はずれの、昔、伝書鳩の鳥小屋を改造した家を一軒、手に入れた。まだ柱という柱に、鳩の白いフンの跡が残っていたけどね……。（鎖を気にして）やっぱりこれをはずそう。確かヒゲそり用のカミソリがあったはずだから……。

（と、トランクを探す）アタシと女房《カミサン》は、旅まわりの宿屋ぐらしをやめて、そこに住みついた。（カミソリを見つけ）これだよ。これで、この首輪の皮のところを……。でもね、街の奴等は誰も、アタシたちがそこに住みついたってことを、信じてくれないんだ……。「何してんだい」って、鳩小屋の戸を開けて、そう言いやがるのさ……。「住んでるんだよアタシたちは……。」（カミソリを気にして）アブナイね、首輪切る前に首切っちまいそうだ……。そいつは絵にならないよ。犬の鎖で電信柱につながれた水虫防止付靴底シールのセールスマンが、カミソリで首切って自殺しました、なんてね……。（トランクから手鏡を出し、それをバス停の標識に結びつけながら）

ソバ券を配ったよ。そうするもんだそうだね、新しく引っ越してきた場合……。オソバニマイリマシタ……。駄洒落……。でも、遅かったんだよ。主任に言われて、女房《カミサン》にソバ券用意させて配ったのが、引越して一ヶ月後だったんだから……。「何だい」って顔されたって、女房《カミサン》はそう言ってた……。（鏡の前でカミソリを構えて）えーと、何だっけ……？　ああ、そうだ、アタシはヒゲをそろうとしてるんじゃなくて、この皮を切るんだ……。「何だい」ってことはないじゃないか……。そりゃ、多少遅くはなったけどもだよ、ソバ券配って歩いてるからには、引越しのあいさつだってことくらい……。（カミソリを顔に当てて）じゃないよ。アタシはこの首輪の皮を切ろうとしているんだが、どうしてもこういくね……。鏡をここに置いて、顔をこう写して毎朝ヒゲを剃っているから、条件反射ってことかもしれないけど……。今は違うんだから……。この首輪の方を……。（カミソリが顔に）何だい……？（カミソリを持った手に）お前、ヒゲを剃りたいのか……？アタシが首輪を切りたいって言ってるんだから、お前だってそういうつもりになってくれなきゃ困るよ。アタシの手なんだから……。それとも、アタシ自身がヒゲそりたいって思っているのかな……？　いや、アタシがそう思ってるのだとすれば、アタシがそう思ってるんだから……。いいよ。首輪の切るところを、こっちの方に寄せてね……。（と、首輪をずらす。とたんに首輪がゆるんで首からはずれてしまう）え……？　これ、抜けるのかい……？（鎖を首からはずし）だったら、お前、こんなところにカギかけたって、しょうがないじゃないか……。

　何やってたんだ、アタシは……。こんなことなら、ションベンもらすことなんかなかったんだよ……。これで公衆便所でも、どこにでも自由に行ける……。（歩いてみて）こんな風にしてね……。（立止り）でも、どうなんだい……？　今ここに誰かが来て、どうしたんですって言われたら、何て言えばいい……？　だって、どうしてもいないじゃないか……。もちろん（ダンボールを持って）これがあるからね、住んでるんですって、言えなくもないが……。住んでる……？

　　風が吹き抜けてゆく。

「お前さんは、住んでないよ」って、そう言われたよ……。いや、アタシたちが住みはじめた、あの鳩小屋の住まいでのことさ……。その街の郵便局の窓口に坐っている爺さんにね……。「この街には」ってその爺さんが言うんだ、「良い奴もいるし悪い奴もいるし、だから好かれてる奴もいるし嫌われてる奴もいるが、お前さんたちはそのどちらでもない」

って……。（電信柱を見上げて）これに登ってみようかな……。アタシはね、電信柱を見ると、むしょうに登ってみたくなる……。（登りはじめる）女房《カミサン》は「馬鹿だ」って言うんだけどね……。「馬鹿と煙は高い所へ登りたくなる」って……。その街でも、登ったことがあったよ。何かの記念館の前に立っていた奴にね。街の奴等が何人か見に来たけど、何も言わないんだ……。黙ってアタシのことを見上げてる……。その時、アタシはわかったよ。郵便局の窓口の爺さんの言ったように、アタシは住んでないなって……。アタシは考えてたんだけどね、「何してるんだい」って聞かれたら、電信柱に登ってるのさって答えようって……。何も聞かれなかったよ……。まるで珍しい動物が木に止っているのを見るみたいに、見上げてやがるのさ……。

（登るのをやめて）このあたりでやめておこう……。登れば登るほど怖くなるからね……。アタシは、高所恐怖症って奴なのさ……。「んじゃ登らなければいいじゃないか」って、女房《カミサン》も言うけどね、怖い怖いって思いながら、ここまでは大丈夫って、ギリギリまで追いつめられてるって感じがいいんだ……。うん……。怖い……。ちょっと待ってくれよ。今、静めているんだから、この心臓のドキドキをさ……。もちろん、大丈夫だってことはわかってるんだ……。手も……、こう、しっかりつかまってるし、足も……おっと……（と踏みはずしそうになって）ここに乗ってるし……。それに、万一落ちたってね、この高さなら、せいぜい腰を……。いやいや、駄目なんだよ、そういうこと考えること自体がね……。よくこういう時、下を見ちゃいけないって言うだろう……？　その通りだよ、下を見ちゃいけないんだ……。でもね、知ってるかい……？　そう言われて、下を見ないでいることの方が、もっと怖い……。

よし。いいよ。見るからな……。何をって、決ってるじゃないか、フーケーをさ……。電信柱に登るのは、自分をギリギリまで怖くさせるのと、もうひとつ、地べタに立っていちゃあ見えないブーケーを、見るためなんだ……。「電信柱ってのは、犬がションベンするためにだけ立ってるんじゃないぞ」って、アタシの先輩のカゴメってもう引退したセールスマンがよく言ってたよ。「登ってフーケーを見るためのもんだ」ってね。「そしてそれを何回かやってると、電信柱の下に立っただけで、登ったら見えるフーケーが見えてくるもんだ」って……。アタシはまだそこまではいってない……。だから、まだいちいち登ってみなくちゃいけないんだが……。（漸く顔を上げて）うん、見える……。（上手を見て）停車場だよ、アタシが今朝降りた……。誰もいない、流行らない駅だからね……。知ってるかい、昔は、汽車が街の近くを通るのを嫌って、わざわざ遠くに駅を作ったんだ……。で、駅を降りた客は、この丘をこえて……（と、下手を向き）ね、こっちに街が広がっている。アタシの行かなければならない、タチバナ靴屋は見えないけど、十三軒の店があるってわけさ……。いや、もう遅いよ……。もしかしたらタチバナから……。タチバナじゃないな、ワダ洋品店かな……。そこから主任に電話があって、「オキモトさんがまだ見えませんが……。」「え？　まだ……？　おかしいな」って……。おかしくも何ともない、アタシはここにいる……。

## デンシンバシラに登って

デンシンバシラに聞けば
オマエは誰だいと聞けば
デンシンバシラが答える
アタシはアタシだ
デンシンバシラだ

空から再び目玉が降りてくる。

（それに見られて）降りよう……。山に登る奴に何故山に登るんだって聞いたら、「そこに山があるからだ」って答えた……。でもそいつに、何故山を降りるんだって聞いたら、答えられなかった……。ね、降りることの方が難しいんだ……。でもアタシの先輩のセールスマンの、さっき話したカゴメさんに聞いたら、「そんなことはわかんなくていい」って言うんだよ。登り終わったところで手を放せって……。落っこちるよ……。落ちちゃいやだろう……？　つまり、「それがいやだったら降りろ」って……。降りるってことは、ゆっくり落ちるってことなんだ……。（電信柱を降りて）カゴメさん……？

（そのあたりの物を片づけながら）認知症って知ってるかい……？　ボケだね……。何もわからなくなって、コトブキ町のホスピスに入ってる……。この前行った時は、車椅子に座って屋上の花壇で日向ぼっこしてたけど、アタシを見て、「ドナタサンデゴザンショウ」って言ったよ……。ドナタサンデゴザンショウなんてね、アタシはそう言われて、ほとんどアタシはアタシ自身、ドナタかなって思ってしまった……。

（片付け終わって、ベンチに坐り）さて、どうなったんだい……？　誰かが来て、「どうしたんです」って聞いたら「いやバスを待ってるんです」って答える……。でも、洗濯物があるし、電信柱には、犬の首輪をつないだ鎖があるし、また目玉が出てきたし、ホームレスが使いそうなダンボールの箱もある……。（立てたダンボールの箱に、風呂に入るように入る）どうしたんです……？　いや風呂に入ってるんです……。しかもこの風呂は、こうやって隠れることも出来るし、そのまま移動することも出来る……。（箱を持ち上げ、下から足を出し、歩いて下手に引っこみそうになり）

ソソラ、ソラソラ
兎のダンス

（と、踊って引返して見せ）女房《カミサン》がそう言うんだよ。「あんたはどうしていつもそうなの」って……。どうしようもない時には、何かしないじゃいられないんだね、アタシは……。カゴメさんがボケになる前、だから「ドナタサンデゴザンショウ」になる前、アタシたちがあの伝書鳩の小屋のある街に、住まわせてもらってるような気がしないって話をしたら、「子供を産め」って言ったよ……。コドモ……。知ってるかい……？　まあ、知ってるわね。オトウちゃんとオカアちゃんが、アレして、生れてくるちっちゃなもののことさ……。（ダンボールから出て）そいつを抱いて歩いていれば、すれ違ったどこかのカミさんが、「まあ可愛い」って……、可愛くなくてもだよ……、「お嬢ちゃんですかお坊ちゃんですか」、「女の子です」、「まあ」って……。「お名前は」って……。「シノブです」、「シノブちゃん……？」ね、ここからアタシたちは街の中に入ってゆく……。「シノブちゃんだよ」、「何シノブちゃん……？」、「オキモト・シノブちゃんさ……。」って具合……。

　アタシたちは子供を作ろうと思った……。でもね、子供ってものは、作ろうとすれば出来ないんだ……。（目玉に）お前、何だい……？　ウソはついてないだろう……？　事実アタシたちはやったんだから……。旅から帰ってきた時は必ず……。生卵も飲んだ……。山芋も食べた……。ウナギも食べた……。スッポンの生血だって飲んでみたんだ……。そうだろ……？　そう言ってやれよ、みんなに……。（客に）生れなかったよ。以前に一度、だからまだアタシたちが旅まわりをしていたころ、生れそうになってね、その時はその気がなくておろしたことがある……。ということは、ハタケもタネも、まるっきり駄目というわけじゃない……。（目玉に）そうだろ……？　（客に）アタシたちは考えたよ……。いや、アタシたちと言うより、女房《カミサン》が言ったんだけどね、「この街に住みつくために子供を作ろうって言う考え方がよくないんだ」ってね……。「そうじゃなくて、本当に子供が欲しいって思わなくちゃいけない……。」

　その通りだ。アタシたちがその街に住みつくために子供を生もうなんて、タテジマ（と、目玉を見）じゃなくて、ヨコシマな考え方だよ……。（目玉を指して、客に）笑わないね……。タテジマとヨコシマ……。本当はこれは、その時女房《カミサン》が言ったことなんだが、アタシも笑えなかった……。笑おうとはしたんだけどね……。

ただ、いいかい、その時アタシはアタシに、子供欲しいかいって聞いてみた……。欲しくないって言うんだ、アタシがアタシに……。もう一度聞いてみた、欲しいかい？　欲しくない……。ね、これじゃしょうがない……。で、女房《カミサン》に聞いてみた……。欲しいかい……？　「欲しい……。」でもね、ウソなんだよ、それは……。本当は欲しくないのに、無理に欲しいって言ってるんだ……。そんなことでアタシをだましたってしょうがないよって言ったら、「あなたをだまそうとしてるんじゃない」って……。女房《カミサン》が……。え……？

わかるかい……？　その時女房《カミサン》は神さまをだまそうとしてたんだ……。そりゃそうだよ子供ってのは、神さまからのさずかりものだからね、神さまに欲しいと思ってるって信じこませなければ、生れない……。「あなたも、神さまをだますつもりになって」って言われて……。生れないよ……。生れないも何も、そんな気分じゃ、やることも出来ない……。（目玉に）おい、あっちぃ行け……。（客に）見たっていいよ。見られたって何とも思いやしないけど、どういう風に見ているのかわからないってのは、苛々しないかい？　「何をしてるんですか」って、言ってくれるんならいいよ。「どこへ行くんですか」、とかね……。「あなたは何ですか」、とかさ……。

そのころ、女房《カミサン》の末の妹が三人目の女の子を生んだ……。しかも、その前に亭主と別れててね、とても三人は育て切れないってんでその子を養子にもらった……。それが、シノブだよ……。大人しい子供でね……。ほとんど泣かないんだ……。名前がそうだからって女房《カミサン》は言うんだけど……これは、別れる前の亭主がつけたんだそうだ……。こうして抱いてやってもね……、フツーは、いやだったら泣いたり、嬉しかったら笑ったりするだろう……。ウンでもスンでもないんだ……。ただ、お前は誰だって目で、こちらをじっと見ている……。

可愛くないガキだったよ……。あいつに見られたくなくてね……、こっちの手にガラガラを持って、ほら、シノブちゃん、これは何だいって振って見せても、そっち見ないでアタシの方を見るんだ、あいつは……。（目玉を見て）あれだ……。その目だよ……。ただ見てるだけって目だ……。

女房《カミサン》は可愛がったよ。というか、可愛がって見せてたよ……。それも熱狂的にね……。抱きしめたり、頬ずりしたり、なめたり、しゃぶったり……。まるで可愛がってることを、誰かに見せつけようとしてるみたいだった……。もちろん、抱いて街を歩いたりした……。いかにも生れたばかりの赤んぼ抱いてどこかへ行くお母さんみたいにね……。

ズイ、ズイ、ズッコロバシ
ゴマミソ、ズイ……

もちろん、違うよ。これは赤んぼを抱いたお母さんが、散歩しながら歌う歌じゃない……。でもね、シノブは、アタシがこれを歌って、ちょいちょいと頬っぺたを指で突ついてやった時、はじめて笑ったんだ……。（考えてみて）笑ったね……。あれは確かに笑いだった……。つまり女房《カミサン》はそれを覚えててね、笑わせたかったんだ、シノブを……。すれ違ったどこかのおカミさんに、「まあ可愛い」って言ってもらうためにね……。「お嬢ちゃんですか、お坊ちゃんですか」、「女の子です」、「まあ」って……。

　誰も言ってくれなかった……。女房《カミサン》を見て、抱いてる赤んぼを見て、でも目を伏せて、黙って通りすぎていった……。シノブが笑わなかったせいだ……。いや、そうじゃない……。そう言うと女房《カミサン》が火のついたように怒ってね、「あなたは何でもシノブのせいにする」って……。そうじゃないよ、やっぱりその子が、アタシたちの本当の子じゃなかったからじゃないかな……。違うんだよ、どこかしら……。本当のお母さんが抱いてるのか、そうじゃないのか……。

　主任に言われて、ソバ券と同じように少し遅くなったけど、出産祝いと言うのかね、このくらいの箱に入った紅白のマンジュウも近所に配ったよ……。「生まれました」って……。「オメデトウゴザイマス」って……、フツーそう言いそうなもんじゃないか……。「はあ」って……。「それはどうも」って……。

　どういうわけだい……？　女房《カミサン》が言うにはね、その一ヶ月ほど前に、だいぶ離れた街の病院から、赤んぼがひとりさらわれてね、「その犯人と思われているんじゃないか」って……。馬鹿なこと言うんじゃないよ。アタシたちは流れもんかもしれないけど、人さらいじゃない……。もっとも、女房《カミサン》を怒鳴りつけたってはじまらない……。近所の奴等に……人たちに言ってやんなきゃいけないんだが、どう言ってやったらいいんだい……。「もしもし、あなたはアタシたちがこの子を、カワラ町のスミダ病院からさらってきたと思ってるんですか」、「いいえ、思ってません……。」それで終いさ……。「そうは言ってますけど、本当は思ってるでしょう……?」「思ってません」「思ってるよ。」「思ってません。」（いきり立って、コーモリ傘で熱狂的にトランクを叩きながら）「思ってる。」「思ってる。」「思ってる。」「思ってる……。」

　公園デビューってのがあるんだ。朝の一仕事が終わったころ、お母さんたちが子供を連れて、近くの児童遊園に集ってくる……。そこには砂場とブランコとシーソーとジャングルジムがあって、子供たちをそこで遊ばせながら、お母さんたちはベンチに坐って、おしゃべりをするってわけさ……。その街の社交場だよ。その仲間入りをすることが出来て、はじめてその街の一員となるってわけだ……。「行きたくない」って言うんだよ、女房《カミサン》がね……。「怖い」って言うんだ……。

　そこで、アタシがついて行くことにした。最初の一回だけって約束でね……。「やあ、コンニチハ」って、そういう調子でやろうと思ってたよ、明るくね……。「やあ、コンニチハ、シキシマ商事です」って、そういうノリさ……。郵便局の前を通って、煙草屋の角を曲って、大きないちょうの木のある児童遊園の前まで来て、「やあ」って……。

　それしか言えなかった……。アタシたちの来るのがみえてたんだろうね、アタシが手を上げて「やあ」って言ったとたん、そこにいたお母さんたちがみんな、子供たちを呼んで裏の口から出ていってしまった……。

　　ズイ、ズイ、ズッコロバシ
　　ゴマミソ、ズイ

チャツボニ、オワレテ、トッピンシャン

アタシたちは毎晩、三人でこれをやって遊んだ……。知ってるだろう、にぎりこぶしを作って……、シノブはまだにぎりこぶしは出来なかったから、お腹やほっぺたを突ついて、トッピンシャンとやるわけさ……。そうするとあいつは、えへ、えへって……、笑いなんだろうな、あれは……。アタシは何か言おうとしてるんじゃないかとも思ったけど、女房はね、笑いだってきかないんだ……。

ヌケターラ、ドンドコショ
イドノマワリデ
オチャワンカイタノ
ダーレ

（目玉を見て）そうだよ、死んだ……。（客に）死んだんだ、シノブがね……。女房《カミサン》は時々、シノブを連れて妹の家に行っていた……。ちょっと風邪気味の時とか、ミルクを吐いた時とか、お通じの具合がおかしい時とかね……。シノブは丈夫な子だったから、その度にトリコシクロウだって妹に笑われていたんだけど、女房《カミサン》の方は何しろ、子供を持ったことが一度もないもんだから……。

いつもは、街役場の前から出るバスに乗って行くんだけど、その日は雨が降っていたし、寒かったし……、で、タクシーに乗った……。それがいけなかったんだね、妹のいる街に入ったところで、向うから来た大型トラックをよけようとして、歩道側の車止めにぶっかってひっくりかえって……。女房《カミサン》は何ともなかったんだよ、シノブだけ……。救急車で病院に運んだ時には、もう死んでいた……。頭の骨が折れててね……。

ズイ、ズイ、ズッコロバシ
ゴマミソ、ズイ……

葬式は、妹の家でやった……。（目玉に）そうだよ、「それがチャンスだったじゃないか」って、主任に言われた……。（客に）つまり、葬式を鳩小屋だったあの家でやれば……、葬式だからね、うちの子が死んだんだから、近所の奴等だって、人たちだって、やってこないわけにはいかないし、そうすれば、それがアタシタチの住みつくための手がかりになったかもしれない……。「ゴシュウショウサマです」、「アリガトウゴザイマス」ってね……。「もしかしたら、シノブちゃんていうお子さんだったんですか」、「そうなんです」って、そこまで踏みこんでもらえたかもしれない……。家に帰って、「シノブって女の子だそうよ」、「何シノブだい」、「オキモト・シノブよ」ってね……。

でも、その時にはそんなこと、考えもしなかった……。第一女房《カミサン》が、どうしようもなくてね、「私が殺した」って、わめき続けるんだ……。それを見て妹が言ったよ、「もし姉さんの本当の子供だったら、もう少し気が安まっただろうに」って……。わかるかい、アタシたちはね、自分の子が死んだ以上の、どうしょうもなさを味あわされたんだ。自分の子じゃない子が死んで、それが自分の子だったらまだしもなんて、そんな不幸があるかい……？

葬式をするどころじゃない、女房《カミサン》は鳩小屋の家に近付くことも嫌だって言って、アタシたちはまた、旅に出た……。とは言っても、女房《カミサン》はまだ、アタシと一緒に歩けるほどじゃなかったんでね、週決めのアパートを借りて、そこを転々とした……。つまり、流浪の生活ってわけさ……。

アタシが旅から帰ってくると、たいてい女房《カミサン》は寝てた……。アタシが近くのコンビニから買ってきた弁当を二人で食べてね……。だから、私が泊りの時は、何も食べてなかったのかもしれない……。

ズイ、ズイ、ズッコロバシ
ゴマミソ、ズイ

夜中に目を覚したら女房《カミサン》が何か言ってるんだ……。そのうちにそれが歌だってことがわかった……。

チャツボニオワレテ
トッピンシャン

てね……。絞め殺してやろうかと思ったよ……。（目玉に）そうさ……。絞め殺してやろうかと思ったけど、やらなかった……。どうしてかって……？　知るか、そんなこと……。布団かぶって寝て、ほんのちょっとうとうとして……、気がついたら、歌はもう聞こえなかった……。布団の中にもいなかったんで、どうしたんだろうと思って探したら、風呂場で包丁を首に刺して死んでいた……。あたり一面、血まみれでね……。風呂場の天窓が明るくなっていて、夜が明けはじめていた……。

（洗濯物を片付けはじめる）まだ乾いてないけど、そろそろ片付けておかないとね……。アタシは、アタシのこの手を血にひたして、その手で包丁を握り直した……。わかるだろう……？　そこにアタシのこの手の跡が……。指紋がべったりとついたってわけさ……。管理人の小母さんがやってきて……、次の日に家賃を受取りに来ることになっていたからね……お巡りを呼んで調べれば、アタシがやったんだってことがよくわかる……。動機は……？　って聞かれた時のことまでアタシは考えたよ。歌を歌うのをやめさせたかったからです……。

　風が吹いてきた……。（目玉に）そうだよ。そうしなきゃいられなかったんだ、アタシは……。シノブが死んでしまって、ミナコまで行ってしまったとなると、アタシがこの世界につながっているものが何もなくなってしまう……。でも、アタシがミナコを刺し殺して、女房殺しとしてつかまったらどうだい……？

牢屋に入れられたら、もしかしたらそこが、アタシのはじめての住いになるかもしれないよ。だって、アタシがそこに居ることに、誰も怪しむわけにはいかないんだから……。しかも、看守が毎朝その前にやってきて、オキモト・シンジ……。ハイって……。ね、確かめてくれるんだ……。

アタシは、待っていた……。風呂場の女房《カミサン》の死体の前に坐ってね……。

ズイ、ズイ、ズッコロバシ
ゴマミソ、ズイ……

ね、また歌が聞こえてきたんだよ。アタシはあたりを見まわした……。誰もいない……。立上って、まだ布団を敷いたままの部屋をのぞいてみた……。そこにもいない、で、気がついた……。歌っていたのはアタシだってことにね……。

アタシは、着換えて、トランクを持って、アパートを出て……。駅まで歩いて、始発の電車に乗って、そこの停車場で降りて、今、ここにいる……。（目玉に）ここにいるよ、アタシは……。逃げたんじゃない……。女房殺しから逃げちまったら、アタシは何でもなくなっちゃうことを、よく知っているんだ……。

ただ、そうだよ。そう思いながらアタシはアタシ自身、風をくらって逃げ出すだろうって思ってたよ……。アタシはアタシのことをよく知っているからね……。でも、アタシの知らないアタシが、そうさせなかった……。

だって、そうだろう……？　ここは、主任が私に、今日はここを廻ってくれって、ね、この地図に印をつけたところだ……。お巡りが探すとすれば、最先にここに来るところだ……。しかもアタシは、駅前の犬屋でこの鎖を買ったよ……。ここから逃げ出そうとするアタシを、逃がすまいとするアタシが、アタシをここにつなぎとめようとしたのさ……。もちろん、はずれちゃったけどね……。（電信柱に巻きつけてある所を引っぱると、何故かそこもはずれる）えっ？　ここもかい……？

　でも、アタシは逃げなかった。そうだろう……？　さっきから、逃げようとすれば逃げられたけど……、ね、アタシはここにいるじゃないか……。女房殺しさ……。それだけがアタシを、この世界につなぎとめてくれる……。この世界に住まわしてくれる……。

（腕時計を見て）もうすぐだよ……。アタシが今まで、何を待っていたかわかってるね……。管理人が家賃を取りに来て、ミナコの死んでるのを見つける……。電話して、警察に知らせる……。お巡りがやってきて、包丁にアタシの指紋がついてるのを発見して、アタシの勤め先、シキシマ商事の主任に連絡する……。「オキモト・シンジはどこにいますか……？」主任は勤務表を見て、「オキモトは今日……」って（下手を指し）「この街のオトクイを廻っているはずです」って……。ね、そういうわけさ……。

　パトカーに乗ったお巡りたちが、もうだいぶ前から、あの街のオトクイを一軒々々、廻っているはずだよ……。「シキシマ商事のオキモト・シンジは来ましたか」ってね……。どこにも顔を出してないってことがわかると……（上手を指し）今日アタシはあの停車場で降りることになっているからね、ここへは来なかったかもしれないけど万一ってことで、ここへ上ってくる……。そして、アタシの居るのを発見して……。どうだい？　あっちの方で、パトカーのサイレンの音がしたんじゃないかい……？

（両手を挙げて）アタシは、こうして立っている。パトカーが停って、中からお巡りたちがばらばらと降りてきて、中のひとりが「オキモト・シンジか……？」「はい、そうです……。」「オキモト・ミナコの殺害容疑で逮捕する……。」「アリガトウゴザイマス……。」ね、アタシはその時、泣くよ……。どうして泣くのかわからないけど、どうもそうするような気がしてならないんだ……。

電信柱の街灯に灯がつく……。

日が暮れたね……。我国の警察は優秀だと言われているけど、結局一日中かかってしまったというわけだ……。女房殺しのオキモト・シンジを追いつめるのにね……。煙草を吸っていいかい……？　でもね、もうすぐだよ……。いくらお巡りがのろまだって、アタシは主任の言う通りのここにいるんだから……。

ナニモスルコトガナイトキニハ
タバコニヒヲツケヨウ
タバコニヒヲツケテ
クチカラケムリヲスエバ

ハナカラケムリガデテクル

秋だよ。ネングのオサメドキとしてはいい季節だ……。もっともミナコは秋になると……。やめよう……。

ナニモスルコト　ナイトキニハ
タバコニヒヲツケヨウ
タバコニヒヲツケテ
クチカラケムリヲスエバ……

来た……。聞こえただろう……（煙草を始末して）パトカーだよ……。今、橋の手前の角を曲りそこねて鉄工所の材料置場の方へ突っこんだけど、ハンドルを切り換えて、ここへ登ってくる。（目玉に）見てろよ。女房殺しが、どんな風につかまるか……。（中央に立ち、手を挙げる）

ほら、ほら、ほら、ほら、ほら……。

パトカーの音、次第に近付きブレーキをかけながらけたたましくタイヤをきしませ、しかし、停まらずに走り去る……。やや、間。

何だい……？　どうしたんだ……。（目玉に）パトカーだったんだろ、今のは……。言ってやれ、アタシはここにいるって……。

次第に、暗くなる。その闇の中に、男の声は続く。

女房殺しのオキモト・シンジだ……。オキモト・シンジがここにいるんだ……。つかまえに来たんじゃないのか。いたじゃないか、お前たちの目の前に……。それが犯人だ……。女房殺しだ……。おい……。おい……。

明るくなると、男がコーモリ傘を差し、トランクを持って立っている。目玉はない。

三日間、待ったよアタシは……。ここで、そのダンボール（ベンチの下）の中でね……。三日目に主任に電話してみてわかった……。女房《カミサン》が死ぬ前に妹に電話して、死にたいというようなことを言ったらしい。妹が慌てて駆けつけて、だから調べもせずに自殺とされちゃったんだ……。シノブのところへ行きますって、遺書も見つかった、アタシは気付かなかったんだけどね……。アタシはその夜、アパートへは帰ってこなかったんだそうだ……。管理人も、隣に住んでいた婆さんも、そう言うんだ……。一体、アタシはその夜、どこにいたんだろうって、考えたよ……。

あの日
あの街を
歩いた
秋の
青空
赤とんぼ
雨でもないのに
雨傘さして

アメデモナイノニ、アマガササシテ……。つまり、さっきまで降っていた雨がやんだのに気がつかなくて……。じゃないな。いつかの夜、駅を出たとたんどしゃ降りの雨にあったのを思い出して……。でもないとすると、そうだよ……。傘の下には人がいる……。つまり傘がないと、アタシはどこにもいないんだ……。

もうこのトランクには、何も入っていない。主任にクビにされたからね……。でも、アタシはセールスマンなのさ……。アタシがアタシであることを売りに行く……。傘が通ったらそう思っておくれ、その下にアタシがいる……。

あの日
あの街を

歩いた
秋の
青空
赤トンボ

と、下手に去る。

《暗転》

# あとがき

ゴドーがやってくることにした。もちろん大発見ということではない。と言うより、むしろ「禁じ手」と言うべきであろう。「やってこない」ことにあってのみ成立している構造のタガをはずすことになるのであるから。

しかし、私は少しく苛立っていた。「やってこないのに待っている」ということのイロニーが、次第に色あせ、落差を失い、「笑えなく」なりつつあることに。「この点は、どうしても笑うべきことでなければいけないよ」と、誰しもが考えて、誰しもがそのために悪戦苦闘するのだが、そうすればそうするほど気がめいって、もの悲しいものになってしまうのだ。

ベケットは、このウラジーミルかエストラゴンのどちらかを、バスター・キートンにやらせたいと考えていた。このことから考えてもベケットが、ここに「笑い」を持ちこみたいと考えていたことがよくわかるし、その目指していた「笑い」の質も、よくわかるような気がする。

ただ、これが実現していても、その通りの「笑い」が確かめられたかどうかは、大いに疑わしい。ベケットの意図は理解出来たとしても、それがくり返されるに従って、「もの悲しいバスター・キートン」になってしまっていただろうと、私は想像する。最近の、「よく出来た」と言われる「ゴドー」の舞台を、ビデオで一部分だけ見たことがあるが、それは恰《あたか》も、荘重《そうちょう》な古典悲劇のような趣を呈していた。

玩具箱を、一度ひっくり返して、中のものをあたりにばらまいてみたらどうだろうか、というのが、私の発想である。そしてそのためには、「ゴドーがやってくる」ほかはないのではないだろうか。ただし、「やってきたゴドー」は、ウラジーミルにもエストラゴンにも出会えない。「私がゴドーだ」と言い、「私がウラジーミルだ」と言い、「私がエストラゴンだ」と、それぞれがそれぞれの目の前で名乗り合ったとしても、出会えない。

　これが私の計画であり、これなら「ゴドーがやってくる」ことも可能なのではないかと、私は考えた。しかも「笑える」のだ。

　それと、もうひとつ。原作のポッゾーとラッキーのコンビと、ゴドーと少年のコンビが、どうも私には相似形に見えてしょうがなかった。もちろん、それでどうということはない。しかし、それが相似形であることをベケットが予定していたのなら、ゴドーの何たるかを確かめるに当って、ポッゾーとラッキーのコンビは、何かの手がかりになるはずである。

　この作品の登場人物は、エストラゴンとウラジーミル、ポッゾーとラッキー、ゴドーと少年というように、二人一組になっている。玩具箱をひっくり返すに当って、この対応をもう少し動きのあるものにしようと考え、私は、エストラゴンにその「母かもしれない人」、ウラジーミルにその「息子かもしれない人」をひねり出し、ポッゾーにとってのラッキーも、「親子かもしれない」と、ゴドーと少年も「親子かもしれない」と、設定してみた。

　エストラゴンとウラジーミルについてはともかく、ポッゾーとラッキー、ゴドーと少年の「親子かもしれない」説については、何となく予感されるものがあるであろう。実はこの作品を書く時には知らなかったのだが、書いた後、ボルヘスの『続審問』を読んで、はたと思い当たることがあった。

　その中でボルヘスは、ナサニエル・ホーソーンについて言及し、彼が「筋の思いつきを書きとめたノートブック」なるものを紹介してくれているのだが、中に次のようなものがある。

「街角で二人の男が事件の出現と、その二人の主役を待ちうけている。すると事件の方はその間に推移していき、彼等自身が二人の主役であることがわかる」

「これは『ゴドーを待ちながら』ではないか」と、とっさに私は考えた。少なくとも、ベケットがこれを読んで、この「筋」を応用して書いたのだとすれば、ポッゾーとラッキーのありおうが、何となく類推出来る。つまり、エストラゴンとウラジーミルが待ちうけていたとは違う「事件」なのであり、違う「二人」なのである。そして、もしそうだとすれば、このポッゾーとラッキーとはうらはらのところに、ゴドーと少年のありおうが確かめられるはずなのである。

もちろん、ベケットがこれを読み、それを応用したかどうかは、今のところはっきりしないが、そしてまた、私がこの作品を書いた時には、まだこのことを知らなかったから、何とも言えないものの、もしかしたら私の仕事も、さほど当てはずれではなかったかもしれないと、今は考えている。

*

「住まう」ことと、「流れる」ことというのがある。「住まう」人と、「流れる」人と言ってもいい。我々日本人の意識の底には、常にこの二つの可能性が、潜在していると言っていいだろう。

もちろん現実には、「住まう」ものの方が圧倒的に多数であり、「流れる」ものは少数に違いない。ただ我国には、「流れる」ことを旨とした才能ある先人たちが数多く居て、「流れる」ことの「先進性」を、「住まう」ことの「安定性」以上に伝えてきた、ということがある。

ある地域の、平均的な定住年数が二年何ヶ月かを割ると、その地域の共同体としての機能は失われる、と言われている。従って為政者及び共同体の保持者たちは、「流れる」ものを「よそもの」として、かねてより排除してきた。つまり「住まう」ものと「流れる」ものは、この局面でせめぎ合い、ドラマを生み出しつつあるのである。

『犬が西向きゃ、尾は東』と『風のセールスマン』は、こうした事情における、「流れる」もののありようを、確かめてみようとしたものである。

ただし前者の場合は、七〇年代に文学座のアトリエに書いた、『にしむくさむらい』『あーぶくたった、にいたった』など、一連の「小市民」ものの続編、という意味もあった。この当時、我国の国民は「総中産階級」（つまり「小市民」）と言われており、それが高度成長を支えてきたのだとされていたが、「バブル」を経てそれがどうなったのか、ということを書いてみよう、ということだったのである。

それを私は、「住まう」ことから「流れる」ことへ、とした。もちろん、我が「小市民」が健全な「小市民」であった時代の『にしむくさむらい』や『あーぶくたった、にいたった』にも、「流れる」ことは始まっている。ただし、私自身の考え方からすれば、この時点ではまだ、「流れる」ことへの予感が、「住まう」ことへのアンチ・テーゼとして、感じとられているに過ぎない。

『犬が西向きゃ、尾は東』から、この『にしむくさむらい』とほぼ同じ登場人物は、「流れる」ことを始めるのである。ただし、まだ「流れてしまう」ことに対するためらいがあり、「だるまさんがころんだ」とか、「ぼんさんがへをこいた」とか、足を停めさせるための、我国に古来よりある形式を借り、「区切りながら流れよ」ということをしか出来ない、ということになっている。

『風のセールスマン』の方は、あらかじめ「流れる」ことを旨とするセールスマンが、「住まう」ことを期待し、結局それに失敗するという、「流れる」ことと「住まう」ことの、最も基本的ないきさつについて、確かめたものである。これも、アーサー・ミラーの『セールスマンの死』の続編、もしくは現代版との意識がなかったとは言わない。

ただし、『セールスマンの死』のウイリー・ローマンが、西部開拓時代のいわば或る意味での「流れる」精神を目指し、結局それに失敗してしまったのに反し、『風のセールスマン』の男は、「住まう」ことを目指し、それに失敗するという、逆の結果になっている。

『セールスマンの死』の、「鎮魂祈禱」の場面で、チャーリーが、「ウイリーはセールスマンだったんだ」と言い、次のように続ける。「セールスマンというものにとっては、底のない生活なんだ。ネジにボールドをつけないのと同じさ。規則もなけりゃ、使う薬もありやしない。靴をテカテカ光らして、ニタニタ笑いながら、フワフワとあの青空の向こうに浮いている人間なんだ。」

これは「流れる」ということの、最も悲惨な面を突いた言葉であるが、たとえば我国の若山牧水は、これを似た状況を、「白鳥は悲しからずや、海の青空の青にも、染まず漂う」と歌っている。「悲しからずや」と言っているのだから、必ずしも肯定しているのではないものの、チャーリーのように、一方的に突き放してはいないのである。むしろ、突き放して見せていながら、或る自負を持とうとしている。

このようにして、「住まう」ことと「流れる」ことの評価は、時代により、風土により、大きく異なる。しかし、ここへきて「流れる」ことがより強くなり、「流れる」ことを選ぶ人々が、より多くなるだろうと、私は想像する。従ってそのためのドラマも、より重要なものになっていくのではないだろうか。

最後になったが、戯曲出版が大変困難になっている今日、拙作の出版に快く承諾して下さった論創社と、その編集を担当して下さった高橋宏幸氏に心より感謝する。

二〇一〇年七月二九日

別役 実

## 『やってきたゴドー』

上演期間　2007年3月24日～31日
上演場所　俳優座劇場

CAST

ゴドー　山崎清介
ウラジーミル　林　次樹
エストラゴン　内田龍磨
ポゾー　内田　稔
ラッキー　三谷　昇
女1　楠　侑子
女2（受付の女）　橋本千佳子
女3（受付の女）　千葉綾乃
女4　木村万里
少年　女部田裕子

STAGE STAFF

作　別役　実
演出　末木利文
美術　石井みつる
照明　森脇清治
音響　小山田昭
衣装　樋口　藍
舞台監督　小笠原響
制作担当　松井伸子
制作　木山　潔

## 上演記録

# 『犬が西むきゃ尾は東　―「にしむくさむらい」後日譚―』

上演期間　2007年6月15日（金）～7月5日（木）
上演場所　新宿区信濃町・文学座アトリエ

CAST

| | |
|---|---|
| 男1 | 小林勝也 |
| 男2 | 田村勝彦 |
| 男3 | 角野卓造 |
| 男4 | 沢田冬樹 |
| 女1 | 吉野佳子 |
| 女2 | 倉野章子 |

STAGE STAFF

| | |
|---|---|
| 作 | 別役　実 |
| 演出 | 藤原新平 |
| 美術 | 石井強司 |
| 照明 | 金　英秀 |
| 音響効果 | 原島正治 |
| 衣裳 | 宮本宣子 |
| 舞台監督 | 黒木　仁 |
| 制作 | 矢部修治 |
| 票券 | 松田みず穂 |

## 『風のセールスマン』

| | |
|---|---|
| 上演期間 | 2009年4月27日～5月1日 |
| 上演場所 | 東京・紀伊國屋ホール |

CAST／STAGE STAFF

| | |
|---|---|
| 作 | 別役 実 |
| 出演・演出 | 柄本 明 |
| 照明 | 日高勝彦 |
| 音響 | 原島正治 |
| 舞台監督 | 浅沼宣夫 |
| 宣伝美術 | 立川 明 |
| プロデューサー | 岡田 潔 |
| 企画制作 | トム・プロジェクト |

**別役 実**（べつやく・みのる）

1937年、旧満州生まれ。早稲田大学政治経済学部中退。東京土建一般労組書記を経て、1967年、劇作家となる。代表作に「マッチ売りの少女」、「象」、「にしむくさむらい」など多数。作品は今日まで134本。不条理劇作家と言われる。他に童話「淋しいおさかな」、エッセイ集「道具づくし」など。岸田國士戯曲賞、紀伊國屋演劇賞、鶴屋南北戯曲賞、朝日賞など受賞多数。

やってきたゴドー

---

2010年 9月20日　初版第 1 刷印刷
2010年 9月30日　初版第 1 刷発行

著　者　別役　実
装　丁　奥定泰之
発行者　森下紀夫
発行所　論 創 社
東京都千代田区神田神保町 2-23　北井ビル
tel. 03（3264）5254　fax. 03（3264）5232
振替口座　00160-1-155266

印刷・製本　中央精版印刷

ISBN978-4-8460-0962-5　